AF220306

Andy Daring

Gedanken über den Sadomasochismus

Andy Daring ist das Pseudonym eines in den 1960er Jahren geborenen Autors. Er lebt und arbeitet in Deutschland.

Andy Daring

Gedanken über den Sadomasochismus

Essays zum Thema BDSM

© 2020 Andy Daring

Herstellung und Verlag: BoD – Books on Demand, Norderstedt

Printed in Germany

ISBN 978-3-7519-8327-3

Inhaltsverzeichnis

Hiebe ohne Striemen?

1. Einleitung

Die Leidenschaft für den Sadomasochismus erfährt ihre höchsten Gipfel beim realen Ausleben der Neigung. Dabei gehört für eine devote Person wie selbstverständlich die Züchtigung mit Paddle, Rohrstock oder anderen Strafinstrumenten zu einer normalen Session dazu. Je nach Intensität der 'Behandlung' bleiben am Ende der Bestrafung mehr oder weniger sichtbare Spuren auf dem Körper des/der Bestraften zurück. Dabei kann die Ausprägung der Striemen und blauen Flecken seitens der Herrschaft gesteuert werden, indem die Anzahl und die Wucht der verabreichten Hiebe auf das gewünschte Ergebnis eingestellt wird. Erfahrene Gebieter/innen haben es auf diesem Gebiet zu einer wahren Perfektion gebracht.

Für einen natürlich veranlagten Sub ist jedoch eine Bestrafung mit lediglich angedeuteten oder nur schwachen Schlägen nicht akzeptabel. Dementsprechend setzt es bei einer Züchtigung scharfe Hiebe, die entsprechende Spuren hinterlassen. Diese Striemen zeugen dann nicht nur von einer erhaltenen Strafe, sondern auch von der ausgelebten Unterwerfung unter die strenge Hand einer Herrschaft.

Das Vorhandensein von Striemen gehört zum Ausleben des SM dazu, so wie das 'Kleine Einmaleins' unverzichtbarer Grundbaustein der Mathematik ist. Die Frage, ob ein Verzicht auf Striemen beim Ausleben der eigenen Leidenschaften denkbar sein könnte, wurde in der Vergangenheit an vielen

Stellen diskutiert und weitestgehend verneint. Dabei lag oftmals die Annahme zugrunde, dass ein Ausbleiben von Schlagspuren nur mittels der oben genannten Steuerung bei der Intensität der Hiebe erreicht werden könne, was zwangsläufig zu einer reduzierten Ausprägung der Schmerzen führen müsse. Für Subs und dabei insbesondere für die natürlich Veranlagten unter ihnen sicher ein unvorstellbarer Gedanke.

Nun sieht die Realität aber so aus, dass sich die SM-Anhänger nicht nur in der Welt des Bizarren bewegen, sondern auch Bestandteil der ‚Bunten Welt der Normalität' sind. In dieser ‚Buntwelt' herrscht bedauerlicherweise noch nicht das Klima, in dem ein unbefangener Umgang mit SM und den Spuren seines Auslebens möglich ist. So kommt es beispielsweise vor, dass eine devote Person zwecks Vermeidung von Spottattacken und/oder Repressalien, insbesondere bei einem Herumsprechen des sexuellen Faibles in der Berufswelt, ihr frisch gestriemtes Gesäß vor den Augen der Freunde im Sportverein usw. verbergen muss. Als Kompromiss zwischen der Welt des Bizarren und der Welt des Normalbürgers wäre vielleicht ein Ausleben des Faibles ohne verräterische Spuren denkbar. Vor diesem Hintergrund stellt sich daher die Frage, ob ein intensives Ausleben der SM-Neigung bei voller Schmerzentfaltung ohne Striemen möglich ist.

In der einschlägigen SM-Literatur wird oftmals der Einsatz von ‚Salben' oder ‚Heilcremes' beschrieben, die gewöhnlich binnen einer Nacht ein vollständiges Verheilen der oftmals heftig gezüchtigten Körperregionen bewirken. Diese Nebensätze sind für den Fortgang einer Geschichte wichtig, da die Beschreibung einer weiteren, harten Züchtigung der bereits heftig malträtierten Stellen neben dem Hauch von extremer Brutalität auch das Auftreten von irreparablen Körperschäden sehr wahrscheinlich werden ließe. Solche Schilderungen würden neben rechtlichen Problemen sicher auch das Unverständnis der echten SM-Anhänger heraufbeschwören. Daraus folgt, dass diese in der Literatur beschriebenen Formen der Heilung realitätsfern sind und Salben, Cremes etc., wenn überhaupt, dann bestenfalls eine Linderung der Schmerzen herbeiführen können. Die heilende Wirkung darf also getrost in die Rubrik ‚literarischer Kunstgriff' gesteckt werden.

Allerdings sollte nun nicht der Fehler begangen werden, alle Details einer Geschichte in Bausch und Bogen als Erfindung eines kreativen Geistes anzusehen. Die Erfahrung des Verfassers hat gezeigt, dass manche Erwähnungen durchaus realistisch sind und manches andere durchaus denkbar ist. Bezüglich der Vermeidung von Striemen hat es vor einigen Jahren eine interessante Theorie gegeben, die nun vom Verfasser genauer untersucht worden ist.

2. Windelhose gegen Striemen?

2.1 Der Mythos

In einer SM-Geschichte war es der devoten Hauptperson nicht möglich, Striemen auf dem Gesäß zu tragen. Trotzdem sollte sie wegen diverser Verfehlungen mit dem Rohrstock geschlagen werden und dabei neben der Demütigung der Züchtigung auch durch die volle Entfaltung der Schmerzen für ihre Vergehen büßen. Damit bestand das Dilemma, dass eine Rohrstockzüchtigung mit scharfen Hieben durchgeführt, aber keine Striemenbildung erfolgen sollte. Der unbekannte Autor hat dieses Ziel in seiner Geschichte dadurch erreicht, dass er die zu bestrafende Person eine ‚normale Windelhose' als Strafhose anziehen ließ. Weitere Details zur Hose sind in der verloren gegangenen Geschichte leider nicht enthalten gewesen.

Nun könnte man der Meinung sein, dass es sich bei der erwähnten Windelhose um eine Variante des oben erwähnten Kunstgriffes ‚Heilungen durch Salben oder Cremes' handeln könnte. Allerdings gibt es einen wesentlichen Unterschied: Die in einer fiktiven Geschichte erwähnte heilende Wirkung einer Salbe oder Creme kann auf die jeweilige Zusammensetzung und damit auf die darin enthaltenen Wirkstoffe abgestellt werden und ist damit für reale SM-Anhänger nicht nachprüfbar. Anders verhält es sich mit der erwähnten Windelhose: Weil es sich dabei um eine ‚normale' Hose handeln soll, müsste sie handelsüblich sein. Damit wäre ihre Wirkung bzw. das Ausbleiben der Striemenbildung für alle wiederholbar und somit nachprüfbar. Damit stellt sich nun die grundsätzliche Frage, ob eine Windelhose seinem Träger/seiner Trägerin tatsächlich ohne Striemenbildung die gleichen Schmerzen, wie sie Schläge auf das nackte Gesäß verursachen, spüren lassen kann.

2.2 Erste Nachforschungen

Da mich die Frage nach der Wirkung von Windelhosen auf die Striemenbildung interessiert hat, habe ich mich auf die Suche nach einer Antwort begeben. Dabei habe ich zunächst angenommen, dass dieser Mythos, wenn er auf echten Ergebnissen beruhen sollte, sicher in der Szene bekannt sei. In Ermangelung eines größeren privaten Umfeldes, in dem man solche Fragen stellen könnte, habe ich Personen aufgesucht, die es meiner Meinung nach am ehesten wissen würden: Professionelle Dominas.

Bereits im ersten Studio erntete ich auf meine Frage verständnislose Blicke. Die Herrin gab offen zu, noch nie etwas von dieser Theorie gehört zu haben. Damit war klar, dass Nachfragen in weiteren Studios vonnöten sein würden. Da ich aus Gründen der Vertrauensbildung die Recherche mit entsprechenden Spielen im jeweiligen Studio verbunden habe, zogen sich die Nachforschungen aufgrund der finanziell eng begrenzten Möglichkeiten über einen längeren Zeitraum hin. Im Ergebnis ergaben die weiteren Nachfragen in zwei weiteren Studios der gleichen Stadt ebenfalls nur Unwissenheit.

Allerdings schien sich meine Fragestellung herumgesprochen zu haben, denn bereits im dritten Studio hieß es seitens der Herrin, dass sie davon erst vor kurzem etwas gehört habe. Damit schien zwar eine gewisse Kommunikation unter den gewerblichen Dominas in dieser Stadt wahrscheinlich zu sein, aber eine Bestätigung des Mythos war das natürlich nicht.

Angesichts der herumgesprochenen Fragestellung sowie aus repräsentativen Gründen habe ich meine Fragestellung in zwei Studios einer anderen Stadt wiederholt. Gleich im ersten Studio erklärte mir die Herrin, dass sie diese Praktik kenne. Sie präsentierte mir eine Windel, wie sie für Adult-Baby-Spiele verwendet werden. Dabei handelte es sich aber nicht um eine Windel, die man wie bei einem kleinen Kind anlegt, sondern um eine in Form einer Unterhose (siehe unten). Im durchgeführten Selbsttest konnte ich feststellen, dass es wegen der Dicke des saugfähigen Materials tatsächlich trotz scharfer Hiebe keine Striemen auf meinem Gesäß gab. Allerdings hatte ich die Hiebe trotz der Härte, mit denen sie ausgeführt worden sind, überhaupt nicht gespürt, sodass auch keine Schmerzentfaltung zu verzeichnen war. Im zweiten Studio der gleichen Stadt war selbst die Praktik mit der Windel nicht bekannt.

Als Ergebnis der Umfrage in insgesamt fünf Dominastudios verteilt auf zwei Städte musste ich daher feststellen, dass der Mythos bestenfalls ansatzweise bekannt war. Allerdings hatte die Anwendung einer Windel trotz Striemenfreiheit wegen der nicht spürbaren Schmerzen nicht den gewünschten Erfolg, sodass Zweifel an der Richtigkeit der Hose auftauchten. Damit

stellte sich an dieser Stelle die Frage nach der Art der Windelhose.

2.3 Die richtige Windelhose

Die Suche nach der richtigen Windelhose begann mit einer
Recherche im Internet. Schnell wurde klar, dass die Produkt-
vielfalt sehr beachtlich ist. Neben Slipeinlagen in unterschiedlichen Ausprägungen gibt es Windeln in der allgemein bekannten Form und die bereits erwähnten Höschenwindeln. Außerdem wurde deutlich, dass die Begriffe Slips und Pants bezogen auf Windeln unterschiedlich verwendet werden: Während
die allseits bekannten Windeln als ‚Slips' bezeichnet werden,
tragen die Höschenwindeln den Namen ‚Pants'. Allen gemeinsam ist das Vorhandensein des Feuchtigkeit aufsaugenden
Materials, das je nach gewählter Windelart unterschiedlich
stark ist.

Damit gab es mit Vorlagen, (Windel-)Slips und (Windel-
)Pants drei Kandidaten für die Rolle des schmerzdurchlässigen Striemenverhinderers. Allerdings wurde in der oben genannten Geschichte die ‚Windelhose' als Strafhose getragen.
Daraus folgerte ich, dass es sich dabei um ein selbständig
haltendes ‚Kleidungsstück' handeln müsse. Vorlagen sind
jedoch nur in Verbindung mit einer separaten Hose zu tragen,
sodass sie das Kriterium des selbständigen Haltens nicht er-

füllen. Aufgrund dieser Erkenntnis wurden sie vom weiteren Testverlauf ausgeschlossen und nicht weiter berücksichtigt. Damit waren zunächst sowohl die (Windel-)Slips als auch die (Windel-)Pants im Rennen. Obwohl bereits bei den ersten Nachforschungen eine solche Pants einem Rohrstock-Test unterzogen worden und das Ergebnis negativ war, wurden sie dennoch für den richtigen Testdurchgang nominiert. Auf diese Weise sollte ausgeschlossen werden, dass das erste Ergebnis durch einen Zufall entstanden war.

Des Weiteren wurde bei den Beratungsgesprächen in insgesamt vier Sanitätshäusern in allen Fällen darauf hingewiesen, dass Vorlagen sowohl in normalen Slips als auch in speziellen Hosen getragen werden können. Die Angebotspalette wurde daraufhin gesichtet. Während Netzhosen aufgrund früherer Erfahrungen verworfen werden konnten, wurde mit Inkontinenzslips ein weiterer Kandidat für die Rolle der Windelhose in der oben erwähnten Geschichte gefunden. Dabei handelt es sich um klobig wirkende Hosen, die aus einer Spezialfolie hergestellt werden. Sie haben hochfrequenzverschweißte Seitennähte und werden in Einheitsgrößen für Männer und Frauen hergestellt. Da diese Hosen für die beabsichtigten Tests möglichst eng anliegen sollten, wurden sie in einer entsprechend kleinen Größe gekauft. Das Anziehen dieser Kleidungsstücke bereitete gerade deshalb einige Mühe und in zwei Fällen sind die Hosen sehr schnell eingerissen. Ihr Anlegen erforderte also eine gewisse Vorsicht – womit sich sofort die Frage aufdrängte, ob das Material richtigen Rohrstockhieben standhalten könnte.

Am Ende dieses Rechercheabschnitts gab es also drei Kandidaten für die Funktion eines schmerzdurchlässigen Striemenverhinderers: Inkontinenzslips, (Windel-)Slips und (Windel-)Pants.

2.4. Der Test

Nachdem die Suche nach möglichen Kandidaten abgeschlossen war, wurden die drei in die engere Wahl gekommenen ,Hosen' getestet.

2.4.1 Rahmenbedingungen

Die Tests wurden in insgesamt vier Dominastudios, die sich auf drei Städte verteilen, durchgeführt. Pro Besuch wurde jeweils eine Hosenform getestet, sodass jede Hosenform insgesamt viermal zum Einsatz gekommen ist. Dabei wurde bei den vier Einsätzen einer Hosenform jedes Mal eine neue Hose gleichen Typs verwendet, um Verfälschungen durch Materialermüdung ausschließen zu können.

Zwischen den einzelnen Studiobesuchen lagen drei bis fünf Wochen, damit sich die gezüchtigte Körperregion vollständig erholen und es keine Ergebnisverfälschung aufgrund einer möglicherweise noch vom vorhergehenden Test angegriffenen Straffläche geben konnte. Zudem wurde die Zwischenzeit für das Auftreiben von neuen ‚Forschungsgeldern' benötigt. Angesichts dieser Prämissen hat sich alleine die Testphase über mehrere Monate hingezogen, sodass das sorgfältige Führen eines ‚Forschungstagebuches' erforderlich war.

Der Ablauf einer Test-Session ist nach einem zuvor von mir festgelegten Muster abgelaufen: Da es sich bei den zu testenden Gegenständen um eine Form von Hosen handelte, wurde das Gesäß als Testfläche festgelegt. Zu Beginn einer Session gab es jedoch als erstes sechs scharfe Hiebe auf das nackte Gesäß. Die sich bildenden Striemen dienten als Vergleichsmuster für die Schläge, welche auf die jeweilige Windelhose platziert worden sind. Anschließend wurde die zu testende Strafhose angezogen. Dabei wurde beim Anlegen darauf geachtet, dass keine Falten entstanden, damit diese nicht die Wucht des Aufpralls eines Strafinstrumentes mildern konnten. Danach wurde die jeweilige Herrin gebeten, auf die angelegte Hose vierundzwanzig ebenfalls scharfe Hiebe mit dem Rohrstock zu setzen und unter Ignorieren etwaiger Reaktionen von mir die Intensität der Schläge auf keinen Fall zu verringern. Anschließend erfolgte mit Unterstützung der jeweiligen Herrin eine eingehende Betrachtung der erzielten Wirkungen.

Aufgrund einer spontanen Idee von mir wurden im Laufe der nächsten Monate mit dem Paddle und einem Fiberglas-Stock weitere Strafinstrumente einbezogen und getestet. Dabei entsprach der Ablauf mit dem Fiberglasstock dem Rohrstock-

Test; mit dem Paddle wurden jeweils dreißig Schläge auf das nackte Gesäß sowie dreißig Hiebe auf die jeweilige Windelhose platziert.

Aufgrund der Einbeziehung von weiteren Wirkungstests hat sich der Abschluss der Untersuchung deutlich nach hinten verschoben. Nun sind aber die Versuche abgeschlossen und die Ergebnisse liegen vor.

2.4.2 Die Testergebnisse
2.4.2.1 Geschlossenes Paddle

Schlägt man mit einem Paddle, dessen Schlagfläche vollständig geschlossen ist, auf ein nacktes Gesäß, entsteht ein klatschendes Geräusch. Das Hinterteil färbt sich rot, aber nach Ablauf von wenigen Stunden sind, bei extrem harten Schlägen mit Ausnahme von einigen blauen Flecken, keine Spuren mehr zu sehen. Die Schmerzentwicklung ist mittelmäßig.

Setzt man nun das Paddle bei einem Windelslip oder einer Windelpants ein, entfällt zunächst das Klatschen beim Auftreffen des Schlaginstrumentes auf die Straffläche. Spuren werden von dem Instrument nicht hinterlassen. Zudem verhindert die dicke Polsterung das Durchdringen der Schlagwucht, weshalb Schmerzen nicht mal ansatzweise zu verzeichnen sind.

Beim Inkontinenzslip war das Ergebnis etwas anders: Zunächst war ein leichtes Klatschen vernehmbar, dem ein leichter Schmerz folgte. Das Schmerzempfinden war jedoch sehr milde und lag damit deutlich unter der Wirkung der Vergleichshiebe auf das nackte Gesäß. Eine Rötung der gezüchtigten Körperregion trat dennoch ein, allerdings war die Bildung von blauen Flecken nicht festzustellen. Angesichts dieses in allen vier Studios erzielten Ergebnisses konnte festgestellt werden, dass es beim Einsatz eines Paddles mit geschlossener Schlagfläche einen Vorteil bei der Vermeidung von Züchtigungsspuren gibt, es aber sehr wohl zu einem erheblichen Verlust beim Schmerzempfinden kommt. Angesichts des dadurch für mich deutlich geringeren Vergnügens beim Ausleben der bizarren Leidenschaft habe ich den Einsatz einer Schutzhose bei der Anwendung eines geschlossenen Paddles zur Vermeidung von Züchtigungsspuren verworfen.

2.4.2.2 Paddle mit Loch

Auch dieses Paddle bringt beim Auftreffen auf das nackte Gesäß die gleiche Wirkung wie das geschlossene Paddle hervor. In der Theorie soll nach dem Auftreffen der Schlagfläche auf das Gesäß zudem ein Abschnitt der Straffläche in das Loch, das sich gewöhnlich in der Mitte der Schlagfläche des Paddles befindet, hineingedrückt werden. Beim erneuten Ausholen soll durch das Spannen der im Paddleloch kurzzeitig festgehaltenen Gesäßpartie zusätzlich zu dem eigentlichen Schlag ein weiteres unangenehmes bis schmerzhaftes Gefühl

18

als Strafverschärfung entstehen. In der Praxis habe ich diesen Zusatzeffekt bislang noch nicht feststellen können; über die Ursache kann ich nur spekulieren. Dafür war das Ergebnis mit dem, das beim Einsatz des geschlossenen Paddles erzielt worden ist, identisch.

Der Einsatz des Paddles mit Loch auf Windelslip und Windelpants brachte ein identisches Ergebnis wie beim Einsatz des geschlossenen Paddles. Trotz fehlender Schlagspuren waren die beiden getesteten Hosenformen wegen der ausgebliebenen Schmerzen ungeeignet.

Das Ergebnis des Inkontinenzslips entsprach ebenfalls dem Ergebnis beim Einsatz des geschlossenen Paddles. Ein geringer Nutzen bei der Spurenvermeidung steht auch hier einer gesteigerten Schmerzreduktion gegenüber.

Insgesamt bin ich auch in diesem Fall zu dem Ergebnis gekommen, dass die fehlenden Schmerzen bzw. die erhebliche Schmerzreduktion in keinem Verhältnis zu den vermiedenen bzw. reduzierten Spuren steht. Auch hier habe ich für mich den Einsatz einer Schutzhose verworfen.

2.4.2.3 Rohrstock

Mit dem Rohrstock wurde jenes Züchtigungsinstrument, das in der oben erwähnten Geschichte zum Einsatz kam, angewendet. Er pflegt mit einem pfeifenden Geräusch durch die Luft zu sausen und hinterlässt nach dem Aufprall einen roten Striemen auf der getroffenen Fläche. Bei harten Schlägen wölbt sich dabei die Haut, die sich an den Enden auch bläulich verfärben kann. Je nach Gewohnheitsgrad und Schlagkraft können Striemen zu bluten beginnen. Im Rahmen der praktischen Testdurchführung haben die sechs Kontrollhiebe auf das nackte Gesäß bei jeder der vier Dominas zu einer Striemenbildung geführt, die erst nach drei Wochen so gut wie verschwunden war.

Anders verhielt es sich mit den Schlägen auf den Windelslip und die Windelpants: Hier waren weder Spuren der Hiebe noch ein Schmerzempfinden feststellbar. Insoweit konnten diese Hosen nicht in der oben angesprochenen Geschichte gemeint sein.

Der Inkontinenzslip brachte hier ein interessanteres Ergebnis: In zwei Fällen vermochten es die vierundzwanzig Hiebe lediglich, eine Rötung des Gesäßes zu verursachen. In den beiden anderen Fällen schafften es jedoch die Dominas, eine Striemenbildung zu erreichen, die den Spuren der Hiebe auf das nackte Gesäß sehr ähnlich war. Das war überraschend, denn die gefühlte Wucht der Schläge war in allen Fällen gleich. Bei einer genauen Nachsicht konnten nur sehr leichte Abweichungen bei der Ausprägung der Spuren unter der Hose gegenüber den Striemen, die das nackte Gesäß gezeichnet hatten, festgestellt werden. Der spätere Heilungsprozess der beiden Striemenarten verlief beinahe synchron, sodass damit der Inkontinenzslip in zwei Tests eine Striemenbildung verhindert hatte und in zwei weiteren Tests nicht.

Daneben war festzustellen, dass das Material des Inkontinenzslips, der ja beim Anziehen sehr leicht einreißen konnte, gegenüber den Rohrstockhieben resistenter war. Da für jeden Test eine neue Hose verwendet wurde, um Folgen von Materialverschleiß ausschließen zu können, wurde deshalb eine Hose einem zusätzlichen ‚Härtetest' unterzogen: Sie wurde bei mehreren Sessions nach Beendigung des eigentlichen Tests bei zusätzlichen Züchtigungen getragen, sodass sie im Laufe der Zeit zu den vierundzwanzig Schlägen während der Testphase weitere zweihundert Hiebe, verteilt auf 50er-Rationen, aufgezählt bekam. Beschädigungen konnten auch dann nicht festgestellt werden. Damit kann als Nebenresultat festgehalten werden, dass diese Hosen insoweit robuster sind als es zunächst den Anschein gehabt hat.

2.4.2.4 Fiberglasstock

Der Fiberglasstock entspricht von seiner Größe der eines normalen Rohrstocks. Seine Wirkung entspricht jedoch der einer Reitgerte, zieht also etwas kräftiger durch als ein Rohrstock. Bei den Hieben auf das nackte Gesäß war die Schmerzentfaltung am heftigsten und es bildeten sich sehr schnell deutliche Striemen.

Die anschließenden Schläge auf den Windelslip sowie die Windelpants blieben, wie schon beim Rohrstock, wirkungslos.

Anders beim Inkontinenzslip: Hier erzeugten die Vergleichs-schläge in zwei Fällen eine leichte Striemenbildung. In den beiden anderen Studios schaffte es die jeweilige Herrin, dass keine Unterschiede zwischen den Schlägen auf das nackte Gesäß bzw. auf den Inkontinenzslip sowohl bezüglich der erlittenen Schmerzen als auch der Striemenbildung feststell-bar waren.

Ein zusätzlicher Materialtest ergab auch hier, wie schon bei der Rohrstockbehandlung, keine Schäden am Material. Die Robustheit dieser Hosen wurde damit erneut unterstrichen.

2.5. Zusammenfassung

Als Ergebnis der Untersuchung kann folgendes festgestellt werden:

Die in der eingangs erwähnten Geschichte angeführte Win-delhose sollte bei voller Schmerzentwicklung die Striemenbil-dung verhindern. Von den derzeit auf dem Markt befindlichen Produkten kommt m.E. nur der Inkontinenzslip für diese Rolle infrage. Dennoch konnte er die in der Geschichte beschriebe-ne Wirkung nicht zweifelsfrei erbringen, weil bei einigen Tests sowohl beim Einsatz des Rohrstocks als auch beim Fiberglas-stock sehr wohl Spuren auf der Haut erkennbar waren, näm-lich:

- Rohrstock: zweimal gab es eine Rötung des Gesäßes, zweimal gab es ,normale' Striemen,

- Fiberglasstock: zweimal waren leichte Striemen erkennbar, zweimal ‚normale' Striemen.

Die ‚normalen'Striemen waren von denen, die von den Hieben auf das nackte Gesäß herrührten, nicht zu unterscheiden. Das damit uneinheitliche Ergebnis könnte auf unterschiedliche Härten beim Schlagen, die für mich als Probanden nicht fühlbar waren, zurückzuführen sein. Das würde erklären, warum es sowohl beim Einsatz des Rohrstocks als auch bei dem des Fiberglasstocks in denselben beiden Studios zur ‚normalen' Striemenbildung gekommen ist.

Als Endergebnis schließe ich aus den Erfahrungen, dass der Einsatz eines Inkontinenzslips bei Hieben mittlerer Härte die Striemenbildung durchaus verringern bzw. mildern kann. Bei größerer Härte ist er hingegen wirkungslos.

Hinzu kommen beim Einsatz eines Inkontinenzslips zwei ganz andere Probleme: Da sich aufgrund des Materials innerhalb der Hose sehr viel Wärme entwickelt, die durch die Erhitzung des Körpers während der Züchtigung noch gesteigert wird, kommt es im Intimbereich zu einer enormen Schweißbildung. Diese kann zu einer größeren Gefahr der Beschädigung beim Ausziehen der Hose führen. Des Weiteren kann bei einem Mann aufgrund der Wärme unter der Hose ein Erektionsproblem auftreten. Bei einem real devot veranlagten Menschen, für den Bestrafungen Bestandteil seines Lebens sind, dürfte das kein Problem sein, denn eine Züchtigung würde als Folge aus einer Verfehlung resultieren und nicht immer einen sexuellen Hintergrund haben. Für Menschen, die der bizarren

Leidenschaft jedoch aus Spaß an der Freude anhängen, könnte das jedoch unter Umständen ein Problem sein.

3. Fazit

Der Mythos von der Windelhose, die vom Rohrstock verursachte Schmerzen in vollem Umfange zulässt und gleichzeitig die Striemenbildung verhindert, konnte weder vollständig bewiesen noch vollständig zerstört werden. Offensichtlich hängt vieles von der Härte des Schlages ab. Möglicherweise hat der unbekannte Autor tatsächlich die persönliche Erfahrung der fehlenden Striemen gemacht und diese Information in seiner Geschichte verwendet und damit weitergeben wollen. Daraus folgt, dass sich in der SM-Literatur durchaus real anwendbare Informationen befinden können. Es lohnt sich also, die Geschichten aufmerksam zu lesen und manchmal etwas davon zu testen.

Perversion oder Normalität?

Tagtäglich werden wir mit sexuellen Reizen konfrontiert. Gerade die Werbung hat einen nicht unerheblichen Teil ihrer Kampagnen auf erotischen Elementen aufgebaut. Diese Entwicklung hat die im ‚Summer of Love' 1968 auch in Deutschland losgetretene ‚Sexuelle Revolution' fortgesetzt und letztlich ihren Teil dazu beigetragen, die Prüderie aufzubrechen und den Sex aus der ‚Schmuddelecke' der gesellschaftlichen Werte herauszuholen. Ob die heutige Reizüberflutung gut oder für die weitere gesellschaftliche Entwicklung kontraproduktiv ist, bleibt abzuwarten.

Die heutige Präsenz von Erotik im Alltag basiert mit ihren aufreizenden Motiven fast ausschließlich auf dem Bereich des Vanilla-Sex. Obwohl Werbung auch gerne mal provoziert, orientiert sie sich doch fast immer an den Ansichten der Gesellschaft, für die die Werbung konzipiert wird. Das würde bedeuten, dass es sich beim Vanilla-Sex um die in der heutigen deutschen Gesellschaft weitestgehend akzeptierte Variante des Liebesspiels handelt. Davon abweichende sexuelle Spielarten wie beispielsweise der Sadomasochismus (SM) werden in der öffentlichen Darstellung hingegen als abnorm oder pervers dargestellt. Damit ist offensichtlich ein großer Teil der öffentlichen Meinung der Ansicht, dass alle SM-Anhänger pervers seien. Sind wir das? Bin ich das? Oder ist SM doch eher ein, vielleicht noch nicht als solcher erkannter, Bestandteil der Normalität?

Damit die Frage, ob SM pervers oder vielleicht doch nicht pervers sei, beantwortet werden kann, müssen zunächst die verwendeten Begriffe definiert werden. Hier ist Wikipedia eine in wissenschaftlichen Aufsätzen zwar nicht zitierfähige, aber für diese Erörterung der oben genannten Fragestellungen nach meinem Dafürhalten ausreichende und vor allem hilfreiche Quelle. Was also ist eine Perversion?

Laut Wikipedia kommt der Begriff ‚Perversion' aus dem Lateinischen und bedeutet dort „die Verdrehung, die Umkehrung". In der heutigen Zeit bezeichnet er „eine den vorherrschenden Moralvorstellungen, häufig im Bereich des Trieb- und Sexualverhaltens, entgegenwirkende Eigenschaft. Heute wird es als Schimpfwort für befremdendes Verhalten benutzt" (vgl. http://de.wikipedia.org/wiki/Pervers). Aus dieser Definition folgt, dass sich diese Begrifflichkeit nicht ausschließlich auf sexuelle Vorlieben bezieht. Vielmehr kann sie auf jedes Verhalten, das von einer vorherrschenden Meinung abweicht, ausgedehnt werden. Vielleicht ist dieser sehr weit gefasste Inhalt des Begriffes Perversion der Grund, weshalb man bei einer Beschränkung auf den sexuellen Bereich heutzutage den „wertneutralere(n) Begriff Paraphilie verwendet" (ebda.).

Der Begriff ‚Paraphilie' entstammt dem Griechischen: Pará heißt übersetzt ‚abseits' oder ‚neben', während philia ‚Freundschaft' und ‚Liebe' bedeutet (vgl. http://de.wikipedia.org/wiki/Paraphilie). In der Psychologie wird mit diesem Begriff „eine Gruppe psychischer Störungen (bezeichnet), die sich als ausgeprägte und wiederkehrende, von der empirischen ‚Norm' abweichende, sexuell erregende Phantasien, dranghafte sexuelle Bedürfnisse oder Verhaltensweisen äußern, die sich auf unbelebte Objekte, Schmerz, Demütigung oder nicht einverständnisfähige Personen wie Kinder beziehen und in klinisch bedeutsamer Weise Leiden oder Beeinträchtigung bei der betroffenen Person oder ihren Opfern hervorrufen. Was die Paraphilien zu psychischen Störungen und nicht einfach zu extravaganten Vorlieben macht, ist, dass Menschen, die von einer Paraphilie betroffen sind, anderen oder sich selbst Leid zufügen" (ebda.). Die von der Weltgesundheitsorganisation (World Health Organisation, WHO) herausgegebene deutsche Textausgabe der ‚Internationale(n) Klassifikation psychischer Störungen' zählt ebenso wie die ‚American Psychiatric Assoziation (APA)' in deren ‚DSM-IV-TR' folgende Störungen der Sexualpräferenz auf: Fetischismus, Exhibitionismus, Voyeurismus, Pädophilie und den Sadomasochismus (hier zitiert nach: ebda).

Bezogen auf die diesem Aufsatz zugrunde liegende Fragestellung bedeutet der Umstand, dass sowohl die WHO als auch die APA den Sadomasochismus als Störung der Sexualpräferenz und damit als psychische Störung klassifizieren und damit die oben erwähnte überwiegende Mehrheit der öffentlichen Meinung zu bestätigen scheinen, dass der SM und damit wir pervers seien. Dieser Schluss klingt zwar logisch, ist aber meines Erachtens zu voreilig. Die Klassifikation als Paraphilie oder, volkstümlich ausgedrückt, als Perversion ist nur deshalb zustande gekommen, weil von den Herausgebern der oben genannten Handbücher unter anderem der SM als abweichendes Verhalten von der empirischen Norm wahrgenommen wird. Umgekehrt bedeutet dies, dass die Wandlung eines ursprünglich abweichenden Verhaltens zur Norm die Herausnahme aus dem Katalog der Paraphilien zur Folge haben kann. Dass das möglich ist, beweist die frühere Einstufung „homoerotischer Handlungen als pervers (...), unter anderem, weil man die Existenz von partnerschaftlichen Liebesbeziehungen unter Homosexuellen in Abrede stellte" (vgl. http://de.wikipedia.org/wiki/Pervers). Auch an einer anderen Stelle muss eingeräumt werden, dass „die Diagnose einer sexuellen Vorliebe als Paraphilie (...) häufig umstritten (ist) und (...) historisch und soziologisch einem kontinuierlichen Wandel, der sich in einer andauernden Überarbeitung und Diskussion seitens der Herausgeber beider diagnostischer Handbücher (wider)spiegelt (unterliegt)" (vgl. http://de.wikipedia.org/wiki/Paraphilie). Gerade angesichts dieser eindeutigen Hinweise auf die Veränderbarkeit der Liste der Paraphilien wird deutlich, dass die psychologische Klassifizierung keine Allgemeingültigkeit hat wie sie beispielsweise die Gesetze der Mathematik oder der Physik haben. Als sexuell ‚normal' gilt damit das, was die Mehrheit einer Gesellschaft heutzutage praktiziert, während alle Abweichungen als Perversion oder Paraphilie bezeichnet werden. Offensichtlich gehört der SM nicht zu den heute mehrheitlich praktizierten Sexpraktiken dazu, sodass er daher als abweichendes Verhalten gilt und als psychische Störung empfunden wird. Oder täuscht diese Sichtweise? Wie wird eigentlich das ‚normale Sexualverhalten' einer Gesellschaft ermittelt?

Zur Beantwortung dieser Frage hilft wieder ein Blick auf die Definition des Begriffes Paraphilie: Demnach handelt es sich um eine Störung, die „von der empirischen Norm" abweicht (ebda.). Diese Formulierung bedeutet meines Erachtens nichts anderes, als dass in diesem Falle die sexuelle Praxis der Gesellschaft auf empirischem Wege erhoben und zu einer Norm erklärt worden ist. Die Empirie oder der Empirismus ist eine Lehre, die allein die Erfahrung als Erkenntnisquelle zulässt (vgl. Wissenschaftlicher Rat der Dudenredaktion (Hg.): Duden, Bd. 1: Rechtschreibung der deutschen Sprache. Mannheim, Leipzig, Wien, Zürich 1996, S. 250). Diese Erfahrungen können durch verschiedene Instrumentarien erhoben werden. Da die Ergebnisse einer solchen Erhebung als Grundlage für die wissenschaftlichen Schlussfolgerungen der Psychologie dienen sollen, muss die Erhebung der sexuellen Präferenzen einer Gesellschaft deshalb selber wissenschaftlichen Kriterien genügen. Dazu gehört unter anderem die ehrliche Beantwortung der gestellten Fragen an nach speziellen Kriterien ausgewählte und die Gesellschaft repräsentativ abbildende Anzahl von Probanden in entsprechend aussagekräftiger Größenordnung (zur Durchführung einer empirischen Erhebung siehe beispielsweise: Jürgen Friedrichs: Methoden der empirischen Sozialforschung. Opladen 1980). Möglicherweise haben die Antworten eine überwältigende Mehrheit für Vanilla-Sex als gesellschaftlich sexuelle Hauptpräferenz ergeben. Eine überwältigende Mehrheit wäre meines Erachtens deshalb erforderlich, weil anderenfalls der Verdacht entstehen könnte, dass aufgrund eines kleinen Vorsprungs beim Ergebnis eine Norm festgelegt worden sei. Bei einem beispielhaften Ergebnis von 60% Zustimmung für Vanilla-Sex und 40% Zustimmung für den SM müsste man nach meinem Dafürhalten von zwei großen sexuellen Präferenzen in der Bevölkerung sprechen, von denen keine den Anspruch einer gesellschaftlichen Norm bei gleichzeitiger Degradierung der anderen Präferenz zur Perversion oder Paraphilie erheben könnte. Daraus folgt, dass der SM bei der empirischen Erhebung zur Festlegung der sexuellen Norm einen sehr geringen Zuspruch erfahren haben muss.

Wenn das aber der Fall sein sollte, stellt sich die Frage, warum der SM in den entsprechenden Internetforen selbst bei Annahme von Mehrfachmitgliedschaften in unterschiedlichen Foren über eine große Anzahl von Anhängern/-innen verfügt. Hinzu kommen die Personen aus der gesellschaftlichen Oberschicht, über deren Liebe zum SM in diversen Dokumentationen und Veröffentlichungen berichtet worden ist, wobei jedoch i.d.R. die Namensnennung einer betreffenden Person wie beispielsweise von Walter Sedlmayr erst nach ihrem Tod erfolgt ist. Als weiteres Indiz für eine weite Verbreitung von SM in der Gesellschaft ist nach meinem Dafürhalten das in den vergangenen Jahren stark angewachsene Angebot im Bereich des kommerziellen Gunstgewerbes anzusehen: Da hier das Angebot nur bei entsprechender Nachfrage, aber dann mit

30

entsprechender ökonomisch sinnvoller Geschwindigkeit, reagiert, muss auch insoweit von einer stark gestiegenen Nachfrage oder einer verstärkten Offenlegung bislang geheim gehaltener sexueller Präferenzen ausgegangen werden. Aus all diesen Indizien lässt sich die Hypothese erstellen, dass der SM in der Gesellschaft eine weitere Verbreitung als angenommen hat. Bei wissenschaftlichen Erhebungen scheint die Neigung zum SM jedoch verschwiegen zu werden, sodass die Psychologie zu unkorrekten Ergebnissen kommen muss.

Möglicherweise ist die Verbreitung des SM aber eine Entwicklung der heutigen Zeit, die durch bestimmte, hier nicht weiter konkretisierbare Ereignisse, ausgelöst worden ist. Dagegen spricht jedoch das frühe Auftreten von SM-Texten in der Literatur: Als eines der ältesten Zeugnisse über Flagelllation gilt das 6. Buch der ,Satiren' des römischen Dichters Juvenal sowie der ,Satyricon' des Petronius, die beide im 1. bzw. 2. Jahrhundert nach Christus entstanden sind. Selbst im Kamasutra aus dem 2. oder 3. Jahrhundert nach Christus werden Schlagarten beim Liebesspiel genannt (vgl. http://de.wikipedia.org/wiki/Sadomasochistische_Literatur; dort finden sich weitere Literaturangaben, insbesondere für die Zeit nach 1945.). Daraus folgt, dass SM zumindest seit dem 1. Jahrhundert nach Christus in der Literatur enthalten war. Unberücksichtigt bleibt dabei die Möglichkeit, dass dies auch in noch früherer Zeit der Fall gewesen sein könnte, aber diese Texte nicht überliefert oder erhalten geblieben sind. SM ist also zumindest seit rund 1.900 Jahren ein Bestandteil unserer (westlichen) Gesellschaft mit offensichtlich zunehmender Zahl öffentlich Bekennender und damit kein Produkt der Neuzeit. Vor dem Hintergrund der vorstehend skizzierten Überlegungen halte ich es für zweifelhaft, dass der SM eine negative Abnormität oder ungesunde Perversion darstellen kann. Diese Ansicht sehe ich dadurch bestätigt, dass man das überwiegende Sexualverhalten einer Gesellschaft auch als ‚normal' bezeichnet. ‚Normal' bedeutet jedoch nichts anderes als „der Norm entsprechend, vorschriftsmäßig, gewöhnlich, üblich, durchschnittlich, geistig gesund" (vgl. Wissenschaftlicher Rat der Dudenredaktion (Hg.): Duden, Bd. 1: Rechtschreibung der deutschen Sprache. Mannheim, Leipzig, Wien, Zürich 1996, S. 528), sodass sich folgern lässt, dass das ‚normale' Sexualverhalten durch, möglicherweise sehr alte, Vorschriften und/oder Moralvorstellungen beeinflusst wird. Führt man sich die Position der großen Religionen und in Deutschland insbesondere das Wirken der katholischen Kirche in sexuellen Fragen vor Augen, ergibt sich meines Erachtens hieraus eine Jahrhunderte lange Beeinflussung der sexuellen Entwicklung der Gesellschaft. Ob diese Einflussnahme heute noch besteht oder von früher fortwirkt, kann zumindest für Teile der heutigen Gesellschaft nicht ausgeschlossen werden. Daraus folgt jedoch, dass eine von dem ‚normalen' Sexualverhalten abweichende Praxis wie beispielsweise der SM zwar nicht vorschriftsmäßig ist oder den üblichen, gewöhnlichen Praktiken folgt, jedoch nicht gleich eine Perversion darstellt. Man könnte den SM auch als eine Weiterentwicklung der eigenen Sexualität interpretieren und verstehen. Damit wäre der SM keine Perversion oder Paraphilie im psychologischen Sinne, sondern Ausdruck einer individuellen Entwicklung der persönlichen Sexualität. Nun sind in der Vergangenheit individuelle Entwicklungen von der herrschenden Gesellschaft nur selten akzeptiert worden, was sich am Beispiel der langen Haare bei männlichen Jugendlichen oder bezüglich der Sexualaufklärung in den 1960er Jahren gut dokumentieren lässt. Gerade bei letzterem Beispiel wurden seinerzeit ebenfalls Mediziner und Psychologen zitiert, die vor ungeahnten Gefährdungen gewarnt haben – vollkommen zu Unrecht, wie sich sehr schnell herausgestellt hat. Was damals als vollkommener Ernst vorgebracht wurde, wird heute müde belächelt. Für die heutige Zeit scheint der SM die Rolle des ‚Undings' zugewiesen bekommen zu haben, vielleicht weil sich immer mehr Teile der Gesellschaft zu dieser (wiederentdeckten) Neuheit bekennen und damit dem Weltbild der aktuellen Gesellschaft Veränderungen drohen. Die Klassifizierung des SM als Perversion oder Paraphilie könnte daher das Produkt einer im Grunde konservativen Einstellung von Teilen der sich nach außen tolerant und liberal gebenden Gesellschaft sein.

Aufgrund der vorstehenden Überlegungen bin ich für mich zu dem Ergebnis gekommen, dass der SM, sofern er ausschließlich mit dem Einverständnis aller Beteiligten praktiziert wird, weder pervers noch eine Paraphilie ist. Ich halte ihn ganz allgemein für den Ausdruck meiner persönlichen Sexualität und mit Blick auf meine bevorzugten Präferenzen innerhalb der Bandbreite des SM für den Ausdruck meiner Individualität im Besonderen. Die Individualität in diesem sehr intimen Bereich stellt für mich möglicherweise einen Ausgleich zum beruflichen Alltag dar und erleichtert mir vielleicht das Bestehen in der kälter gewordenen Arbeitswelt, in der seit Jahren nur noch selten das Individuum gesehen wird, weil ‚die .Belegschaft' von den Entscheidungsträgern nur noch als Kostenfaktor und damit als homogene Masse wahrgenommen zu werden scheint. Möglicherweise bin ich aber auch ‚nur' ein ‚gewöhnlicher' Individualist, ein Freigeist oder Mitglied einer schweigenden Mehrheit – nur für eines halte ich weder mich noch die übrigen SM-Anhänger: Perverslinge.

Der Nutzen eng sitzender Unterwäsche

Wir Menschen werden nackt geboren, weshalb die Nacktheit für uns eigentlich etwas völlig Normales sein müsste. Aber weil wir im Gegensatz zu den Tieren nur über Haut und nicht über Fell verfügen, sind wir dem Wetter schutzlos ausgeliefert. Also fingen schon unsere Vorfahren an, sich als Schutz vor Kälte und Regen zu bekleiden. Später begannen einzelne Menschen, Unterwäsche zu tragen. Anfangs sorgte das für Aufsehen und sehr viel Spott. Nur langsam setzte sich das Tragen von ‚Unterhosen' durch und wurde schließlich aus hygienischen Gründen, man denke an das ‚Problem des letzten Tropfens' nach dem Urinieren, zu einer Selbstverständlichkeit. Zudem wurde gerade in religiös geprägten Orten und Familien das Tragen eines Höschens zu einem Zeichen von Anstand und Sitte hochstilisiert. Auch heute noch gilt das Tragen eines Slips, vor allem in Bezug auf Frauen, als ‚normal' und ‚anständig'.

Im Laufe der Zeit wurde das Höschen als Kleidungsstück akzeptiert und noch später von der Mode als Spielwiese der Kreativität erkannt. Dementsprechend wurden die Farben vielfältiger, das Material abwechslungsreicher und die Formen, gerade bei den Damenhöschen, erreichten eine enorme Bandbreite. Das Tragen von Unterwäsche eröffnete dadurch neue Möglichkeiten beim Kokettieren und wurde im Laufe der Jahrzehnte logisch konsequent zu einem Mittel der Verführung ausgebaut. Dieses Verhalten hat die erotische Komponente der diversen Sliparten nachhaltig erweitert, zugleich aber auch dem Weglassen eines Höschens eine neue Bedeutung verliehen.

Vor diesem kurz skizzierten Hintergrund verwundert es nicht, dass der Verzicht auf ein Höschen mehrere Ursachen haben kann: Für einige Menschen dient der freiwillige Verzicht auf einen Slip der Verführung durch das Suggerieren von Frivolität und ‚sündigem Verhalten'. Im Bereich des Sadomasochismus wiederum dient der von der Herrschaft für das Sklavenobjekt ausgesprochene Höschenentzug entweder als Zeichen von dessen Unterwerfung wegen der von der Nacktheit hervorgerufenen Suggestion der jederzeitigen sexuellen Verfügbarkeit, oder der Entzug wird als Strafe zum Zwecke der Demütigung bzw. Erniedrigung (zur Definition der beiden Begriffe vergleiche die m.E. gelungene Definition von Gerhard aus I. (das ist Gerhard Devmann): Die Anrede einer Herrschaft. In: Schlagzeilen, Heft-Nr. 103, S. 30) angeordnet. Zudem wird es manche Herrschaft möglicherweise sexuell anregend finden, wenn das Sklavenobjekt unter einer eventuell gestatteten Oberbekleidung nackt ist.

Die vorstehend genannten und mit der Nacktheit angestrebten vielschichtigen Ziele sind einsichtig und sollen hier weder diskutiert noch bestritten werden. Stattdessen soll das Augenmerk auf die Möglichkeit gelenkt werden, das eng sitzende Unterwäsche auch für sadomasochistische Beziehungen von Interesse sein kann:

Es dürfte unstrittig sein, dass in einer sadomasochistischen Beziehung die Herrschaft für ein Sklavenobjekt das Gesetz verkörpert, dem dieses bedingungslos unterworfen ist. Aus diesem Verhältnis zueinander ergeben sich für beide Seiten Verpflichtungen: Für die Herrschaft besteht die Pflicht, das Sklavenobjekt zu versorgen und auf dessen Gesundheit zu achten, während für das Sklavenobjekt die Verpflichtung besteht, der Herrschaft zu gefallen und ihr jeden Wunsch zu erfüllen. Diese gegenseitigen Obliegenheiten und Bindungen unterliegen allerdings sowohl in der Außen- wie auch der Innendarstellung natürlichen Grenzen, zu denen z.b. die staatliche Gesetzgebung, die gesundheitlichen Grenzen der Akteure usw. gehören.

Da wir in einer freien Gesellschaft und nicht in der Sklavengesellschaft eines früheren Jahrhunderts leben, erfolgt die Teilhabe am Sadomasochismus auf freiwilliger Basis. Dadurch wird für eine Herrschaft das Halten eines Sklavenobjekts erleichtert, weil das Einfangen und Unterwerfen mit all seinen, in der Regel menschenverachtenden, Maßnahmen durch die freiwillige Unterwerfung entfällt. Andererseits kann eine solche Beziehung gerade wegen dieser Freiwilligkeit bei der Einnahme des Sklavenstatus auch in die Brüche gehen und seitens des Sklavenobjektes beendet werden, ohne dass die Herrschaft die Möglichkeit einer erzwungenen Rückführung und Fortsetzung der dann einseitig geprägten Beziehung hat.

Des Weiteren ist selbst eine auf Freiwilligkeit basierende sadomasochistische Beziehung nicht immer und überall möglich: Neugierige und bezüglich des Sadomasochismus unbedarfte Nachbarn mit kurzer Leitung zur Polizei, intolerante Arbeitskollegen, wirtschaftliche Zwänge, der Drang des sich freiwillig unterwerfenden Sklavenobjektes nach eigener gesellschaftlicher Teilhabe außerhalb der sadomasochistischen Bandbreite (z.b. Aktivitäten mit Arbeitskollegen) sowie die Ablehnung einer allumfassenden 24/7-Beziehung erfordern eine Beschränkung der sadomasochistischen Aktivitäten auf einen Teil des privaten Bereiches. Wie groß der eingeräumte zeitliche Korridor im privaten Bereich ist, in welcher Intensität er genutzt wird oder ob er nur als ‚Aufpeppung' des ansonsten gelebten Vanilla-Sexlebens eingesetzt wird, müssen die jeweiligen Akteure miteinander vereinbaren.

Damit unterliegt das Ausleben eines sadomasochistischen Lebensgefühls einer Fülle von Einschränkungen. Dabei sollte sich ein Sklavenobjekt seiner Rolle stets und allen Problemen zum Trotz auch im ‚normalen' Leben bewusst sein. Grundsätzlich gilt nämlich, dass sich das versklavte Objekt seiner Herrschaft völlig hinzugeben hat. Dort, wo das für alle sichtbar nicht möglich ist (z.B. am Arbeitsplatz), muss eine imaginäre Form der Unterwerfung gefunden werden. Das bedeutet, dass die Herrschaft auch im realen Leben den Verstand und die Geschlechtsorgane des Sklavenobjektes zumindest mental beherrschen muss. Das Sklavenobjekt wiederum muss sich dabei in jeder einzelnen Sekunde seines Daseins und damit nicht nur während des sadomasochistischen Spiels seiner Rolle bewusst sein und dieses ‚Beherrscht werden' spüren.

Ein solches Ergebnis erreicht man am Besten, wenn die Aufmerksamkeit eines Sklavenobjektes auf das Gesäß konzentriert wird: Zum einen wird mit der Reduzierung der Wahrnehmung auf diesen Körperteil die versklavte Person ihre Persönlichkeit verlieren und dadurch seine Herrschaft als für ihn geltenden Gesetzgeber schneller anerkennen. Des Weiteren wird das Sklavenobjekt auch im realen Leben an seine Funktion im sadomasochistischen Bereich erinnert.

Der Prozess der Reduzierung eines Sklavenobjektes auf das Gesäß erfolgt anfangs durch Demütigungen und Schläge: Durch das ständige Entblößen des Gesäßes und dessen Züchtigung wird dem Sklavenobjekt vor Augen geführt, dass nur dieser Körperteil ein gehöriges Maß an Aufmerksamkeit bekommt. Zudem sorgen die vom Gesäß nach einer Züchtigung ausgehenden Schmerzen für eine Konzentration der sinnlichen Wahrnehmung auf diese Körperregion als Folge der physischen Schmerzen.

Allerdings darf ein Sklavengesäß auch nach einer erfolgten Unterwerfung nicht zur Ruhe kommen. Das versklavte Objekt sollte vielmehr durch die weitergehende Praktizierung der Züchtigung des Gesäßes und durch das Tragen von engen Höschen, nach Ansicht von machen Leuten auch durch Einläufe, ständig an seine Rolle als beherrschtes Wesen erinnert werden. Gerade weil Sklavenobjekte heutzutage am gesellschaftlichen Leben teilnehmen und einen Beruf ausüben, mithin also nach außen ein ‚normales' Leben führen und nur nach Feierabend in ihre Sklavenrolle zurückkehren, müssen sie umso dringender während der ‚normalen' Zeiten an ihr Sklavendasein erinnert werden. Eine solche Erinnerung an die Unfreiheit kann am besten erreicht werden, wenn sich ein Sklave/eine Sklavin selbst in ihrer Kleidung ständig wie in einem Gefängnis vorkommt.

Für Frauen eignet sich zu diesem Zweck ein Korsett recht gut: Durch das Tragen eines solchen Kleidungsstückes wird nicht nur die Haltung einer Sklavin gerader, sondern auch Gesäß und Brüste in ihren Konturen verschärft. Zudem kann durch eine entsprechende Schnürung die Taille verengt und dadurch das Gefühl der Enge und des Eingesperrtseins noch weiter verstärkt werden. Allerdings sollte das Formen einer Wespentaille auf jeden Fall vermieden werden, weil die Quetschungen zu Verletzungen der inneren Organe und damit zu schweren gesundheitlichen Problemen führen können, was nicht mit der Fürsorgepflicht einer Herrschaft vereinbar ist.

Auch männliche Sklaven können ein Korsett tragen, um die Ausformung ihres (Bier-)Bauches zu kaschieren. Zwar entfällt die Ausformung der (nicht vorhandenen) Brüste, aber ihr Gesäß wird dadurch ebenfalls schön geformt. Während um 1840 das Herrenkorsett aus der Mode der Männer nicht wegzudenken war, hat es in der Neuzeit sehr stark an Bedeutung verloren. Nichtsdestotrotz gibt es entsprechende Stücke auch heute noch zu kaufen. Damit können sie als ‚tragbare Gefängnisse' auch für männliche Sklaven eingesetzt werden. Im Übrigen gilt der Hinweis auf die Gesundheitsgefährdung durch das

Anstreben einer Wespentaille bei Männern analog dem Warn-hinweis für Frauen.

Wesentlich kostengünstiger ist die durch Demütigungen und Schläge erfolgte Konzentration auf das Gesäß und damit die Erinnerung des Sklavenobjektes an seine Unfreiheit durch das Tragen von engen Höschen zu erreichen. Dabei ist es unter Umständen bereits ausreichend, das Höschen ein oder zwei Nummern kleiner als tatsächlich benötigt zu kaufen. Zwar kann ein enger Slip nicht die gleichen beengenden Gefühle wie ein Korsett hervorrufen, aber angesichts der deutlich niedrigeren Kosten und wesentlich leichteren Beschaffungsmöglichkeiten ist er eine gute Alternative zum Korsett. Enge Höschen suggerieren durch ihren strammen Sitz den Eindruck eines Gefängnisses und sorgen dadurch für ein Gefühl der Unfreiheit. Gerade bei männlichen Sklaven sorgt zudem die Einengung von Hoden und Penis für unangenehme Gefühle, insbesondere bei steigendem Harndrang oder aufkommenden Erektionen.

Allerdings ist zu beachten, dass beim Tragen eines engen Höschens Wärme entsteht, die bei männlichen Sklaven zu temporärer Impotenz führen bzw. die Qualität der Spermien verringern und damit die Zeugungsfähigkeit erheblich reduzieren kann. Aus diesem Grund wurde vor einigen Jahren der Trend zu knappen Herrenslips ernsthaft als eine von mehreren Ursachen für die sinkende Geburtenrate sowie die sinkende Spermienqualität in Deutschland genannt. Sollte daher eine Herrschaft Wert auf die Potenz des männlichen Sklaven legen, müsste nach dessen Rückkehr in den privaten (sadomasochistischen) Bereich die Zeit für eine entsprechende Erholung der Genitalien bei der Planung eines beabsichtigten Melkvorganges berücksichtigt werden. Beim Einsatz eines männlichen Sklaven im beruflichen bzw. ‚normalen' Bereich könnte das Absinken seiner Potenz für die Herrschaft hingegen durchaus positiv sein, weil es die Gefahr eines Seitensprunges zumindest reduziert: Wer will als Mann schon riskieren, beim Fremdgehen im entscheidenden Moment zu versagen und dadurch mit Sicherheit zum Tagesgespräch und Gespött der Kolleginnen und Kollegen zu werden!

Zusammenfassend ist also festzuhalten, dass das Tragen von engen Höschen bzw. das Tragen von Korsetts neben den oben genannten Aktivitäten (Entblößung, Züchtigung, eventuell Einläufe) als ergänzende Maßnahme die Reduzierung der Wahrnehmung des Sklavenobjektes auf das Gesäß unterstützt und es damit auch im realen Leben immer an seine Sklavenrolle erinnert. Allerdings könnte dabei der Höschenentzug als Strafmaßnahme etwas von seinem demütigenden/erniedrigenden Charakter verlieren: Wird nämlich vom Sklavenobjekt das Tragen eines ‚Höschen-Gefängnisses' als unangenehmer als die durch den Slipentzug hervorgerufene Demütigung aufgrund der Entblößung empfunden, könnte es sich sogar über die Entblößung freuen. Daher müsste jede Herrschaft und jede sadomasochistische Beziehung den für sich jeweils sinnvolleren Weg suchen – was sicher dadurch versüßt wird, dass das Ausprobieren für beide Seiten ein Genuss sein kann.

Blank oder behaart?

Wenn man sich heute einen einschlägigen Film anschaut, sieht man fast ausschließlich Personen mit einer rasierten Intimregion. In den Internetdiskussionen wird viel über diese Rasur diskutiert, wobei sie im Ergebnis überwiegend positiv gesehen wird.

Neben der fiktiven Filmwelt und der virtuellen Welt des Internets mit seinen nicht nachprüfbaren Inhalten und Angaben scheint sich dieser Trend aber auch in der Realität zumindest bei den Leuten bis zu einem gewissen Alter tatsächlich weitestgehend durchgesetzt zu haben. Diesen Eindruck kann man gewinnen, wenn man sich bei den sich bietenden Gelegenheiten, und damit sind nicht nur SM- und Fetisch-Partys gemeint, umschaut. Schnell verfestigt sich zudem der Anschein, dass sich eine rasierte Intimregion nicht nur auf die Gruppe der SM-Anhänger/innen, sondern durchaus auf alle Schichten der Gesellschaft bezieht. Mit diesem Eindruck erklärt sich das anders nicht nachvollziehbare offene Werben von einigen Gunstgewerblerinnen mit ‚behaarten Muschis' in den Kontaktanzeigen der Zeitungen. Ob der Trend zur Intimrasur aber wirklich, wie von einigen Leuten behauptet wird, von der Pornoindustrie kreiert worden und daher letztlich ‚nur' eine Modeerscheinung ist, kann an dieser Stelle weder bestätigt noch widerlegt werden.

Fest steht jedoch, dass die Intimrasur in den Internetforen und Medien, die sexuellen Themen gegenüber aufgeschlossen sind, immer wieder für Gesprächsstoff sorgt. Dabei stehen in der Regel die Fragen im Vordergrund, ob eine Intimrasur hygienisch oder schön sei. Durch diese Fragestellungen ergibt sich bereits, dass die rasierte oder unrasierte Körperregion im Mittelpunkt des Interesses steht, mithin also das Ergebnis der Rasur. Die Frage nach dem Sinn für die Existenz unserer Schamhaare wird in den Diskussionen hingegen ebenso wenig gestellt wie die Frage nach der Verbindung zum SM.

Dieser Text versucht, diese Lücke zu schließen. Dazu werden zunächst einige Informationen über die Schamhaare geliefert. Anschließend werden die in den Diskussionen gängigen Pro- und Contra-Argumente wiedergegeben und auf ihre SM-Verbindungen geprüft. Danach bleibt es den Lesern überlassen, ob sie ihre Meinung neu überdenken wollen.

1. Der Sinn von Schamhaaren

Die Frage nach dem Sinn von Schamhaaren ist nicht eindeutig zu beantworten. Selbst die Fachleute wissen darauf keine Antwort. Das dürfte überraschen, denn immerhin wissen unsere Mediziner und Biologen sehr viel über den menschlichen Körper. Sie können sogar die Frage nach den Auswirkungen der Schwerelosigkeit im Weltraum auf den Organismus beantworten, aber der Sinn der Schamhaare liegt im Dunkeln. Dabei sollte man annehmen, dass alles, was mit Sexualität zu tun hat, eine gewisse Neugier hervorruft. Warum das bezüglich der Bedeutung und Funktion von Schamhaaren nicht zutrifft, ist rätselhaft.

Immerhin gibt es ein paar Theorien: Während einige Fachleute behaupten, dass die Schamhaare die Genitalien ähnlich einem Pelz bei Tieren vor Kälte und Hitze schützen sollen, glauben andere, dass sie beim Geschlechtsakt als Puffer dienen sollen, um Schmerzen zu vermeiden. Wiederum andere vermuten, dass die Behaarung an den Genitalien lediglich ein Zeichen dafür sei, dass der Junge oder das Mädchen erwachsen wird. Daneben gibt es auch die Theorie, dass durch die Schamhaare eine Verstärkung der Sexualduftstoffe erfolgen soll.

Angesichts dieser Vielzahl von Theorien wird unser Unwissen über den Sinn der Schambehaarung deutlich. Selbst wenn man einen der oben genannten Erklärungsansätze favorisieren sollte, gibt es Gegenargumente. Tatsache ist nämlich, dass die Behaarung bei jedem Menschen etwas anders aussieht. Zudem haben manche Menschen mehr oder weniger Schamhaare als andere. Um die Verwirrung zu vervollständigen: In manchen Teilen der Welt soll es Menschen geben, die von Natur aus keine Schambehaarung haben. Ob diese Aussage aber tatsächlich zutrifft, kann der Verfasser nicht beurteilen. Eine entsprechende Internetrecherche ist erfolglos geblieben, aber vielleicht hat hierzu ein/e Leser/in nähere Erkenntnisse.

Immerhin weiß man, dass die Schamhaare zu Beginn der Pubertät wachsen. Bei den Mädchen tritt diese Entwicklung bereits bis zu zwei Jahre früher ein als bei den Jungen. In der Anfangszeit sind die Haare noch glatt, aber später bekommen sie ihre bekannte Kräuselung. Nach zwei Jahren des Wachstums ist die Schambehaarung dann voll ausgebildet. Dabei muss die Farbe der Schamhaare aber weder bei dem einen noch bei dem anderen Geschlecht immer mit der Farbe der Kopfhaare identisch sein.

Während die Farbe zwischen Kopf- und Schamhaar abweichen kann, gibt es zwischen den beiden Haararten einen tatsächlichen Unterschied: Die Kopfhaare wachsen und müssen, wenn man sie nicht lang tragen mag, immer wieder geschnitten werden. Anders die Schamhaare: Ein solches Haar wächst nur circa sechs Monate lang und erreicht dabei eine Länge von ungefähr einem Zentimeter pro Monat. Nach den geschätzten sechs Monaten fällt es aus und wird durch ein neues ersetzt. Ein Friseurbesuch ist für diese Körperregion daher anders als beim Haupthaar entbehrlich.

Was für ein Sinn ergibt sich somit aus den bekannten Fakten und den Vermutungen hinsichtlich des Nutzens von Schamhaaren? Eigentlich nur die Erkenntnis, dass sich die Natur bei der Schambehaarung (zumindest von Teilen) der Menschheit etwas gedacht hat, wir aber diesen Sinn nicht zu erkennen vermögen. Möglicherweise ist der ursprüngliche Zweck aber auch im Laufe der Evolution entfallen und die Schambehaarung damit ein Überbleibsel, das von der Natur noch nicht zurückgefahren worden ist. Immerhin entwickelt sie sich in Jahrtausenden und oftmals noch längeren Zeiträumen, während wir Menschen in Tagen und Wochen, bestenfalls Monaten denken.

2. Argumente für und gegen eine Intimrasur

Wie bei so vielen anderen Dingen auch ist die Meinung über eine Intimrasur nicht einhellig, auch wenn die Beiträge ihrer Befürworter in den Diskussionsforen die Mehrheit stellen. Die vorgebrachten Argumente für und gegen diese Rasur sind zudem in allen Foren gleich:

Als erstes wird von den Gegnern der Intimrasur deren Unnatürlichkeit betont: Blanke Genitalien habe man als Kind gehabt, so dass eine Rasur im Erwachsenenalter unnatürlich sei. Dieses Argument basiert in seiner Logik auf den oben angeführten bekannten Tatsachen zur Schambehaarung. Zu seiner Verstärkung könnte man meines Erachtens noch hinzufügen, dass die Natur sich für gewöhnlich immer etwas bei der evolutionären Entwicklung gedacht hat. Die sich aus der Vielzahl von Theorien zum Sinn der Schambehaarung ergebende offensichtliche Tatsache, dass selbst die Fachleute keine schlüssige Antwort auf die Frage nach dem Sinn dieser Haare liefern können, lässt die Befürchtung zu, dass Menschen aus Unwissen heraus ihrem Körper einen Schaden zufügen, dessen Folgen sie nicht erahnen. Andererseits lässt sich dem entgegenhalten, dass viele Menschen eine rasierte Intimzone haben und bislang keine daraus resultierende Schädigung bekannt geworden ist.

Gerade das Argument der Unnatürlichkeit stellt für mich jedoch ein Argument für eine Intimrasur bei Subs dar: Durch das Sklavendasein wird ein/e Sub ihrer Freiheit beraubt und mit der Intimrasur wird ihm/ihr ein weiteres Stück der angeborenen Natürlichkeit, nämlich die Schambehaarung, genommen. Damit wird die besondere Stellung der Subs durch eine optisch wirkende Maßnahme verdeutlicht, die rund um die Uhr wirkt, jedoch in bestimmten Situationen gut versteckt werden kann. Schließlich ist nicht immer ein Outing als SM-Anhänger/in von Vorteil, zum Beispiel am Arbeitsplatz. Das Wissen um die eigene Intimrasur könnte die Subs also, eventuell gepaart mit dem Tragen von enger Unterwäsche (vgl hierzu ‚Der Nutzen eng sitzender Unterwäsche' in: Schlagzeilen Nr. 113, S. 30 f.) auch in ‚normalen' Situationen an ihr SM-Faible und an ihre Stellung erinnern.

Aber auch im Rahmen einer SM-Session ist eine Intimrasur wegen ihrer Unnatürlichkeit von Interesse. Durch sie werden die intimsten Stellen der Subs ihrer natürlichen ‚Tarnung' beraubt und können somit jederzeit genau betrachtet werden. In Verbindung mit dem Befehl zur Präsentation, z.B. dem Spreizen der Beine bei weiblichen Subs in sitzender Position, gewinnt die Intimrasur meines Erachtens an Stellenwert als Maßnahme zur Demütigung.

Daneben wird als Pro-Argument die bessere Hygiene angeführt, da rasierte Genitalien besser gewaschen werden können. Dem wird jedoch entgegengehalten, dass die Schamhaare die Intimstellen vor Infektionskrankheiten schützen sollen.

Dieses Contra-Argument würde jedoch dann auf schwachen Beinen stehen, wenn es auf der Welt tatsächlich, wie oben erwähnt, Menschen ohne natürliche Schambehaarung geben sollte. Es scheint mir wenig einsichtig zu sein, warum manche Menschen keinen solchen Schutz benötigen sollten. Im Gegenteil, man könnte auch anführen, dass bei diesen Menschen die Natur ihr diesbezügliches evolutionäres Werk bereits vollendet hat und wir, die Mehrheit, noch rückständig seien. Zudem muss den Gegnern einer Intimrasur bezüglich der behaupteten Schutzfunktion der Schamhaare vor Infektionskrankheiten entgegengehalten werden, dass auch die dichteste Behaarung nichts hilft, wenn mangelnde Hygiene, wenig vorausschauendes Denken und Nachlässigkeiten in der Körperpflege die Einstellung eines Menschen dominieren.

Als Argument gegen eine Intimrasur viel gewichtiger scheint mir da schon der Hinweis, dass eine solche Rasur zeitaufwändig sei und Arbeit mache, zu sein. Tatsächlich erfordert eine Intimrasur eine regelmäßige Wiederholung, um die Stoppelbildung zu verhindern. Diese Stoppeln können beim Sex in der Tat unangenehm sein. Allerdings müssen Männer ihr Gesicht ebenfalls täglich rasieren, um in den Augen der Bevölkerungsmehrheit als ‚gepflegt' zu gelten. Auf ein wenig mehr Arbeit kommt es daher meines Erachtens bei den Männern nicht an, während es für Frauen in der Tat einen zusätzlichen Aufwand darstellt. Andererseits dürfte sich der Aufwand bei einer regelmäßigen Intimrasur angesichts des oben genannten Wachstums von einem Zentimeter pro Monat in zeitlich engen Grenzen halten, da eine einmal rasierte Fläche schneller rasiert werden kann, als wenn ein kompletter Dschungel gerodet werden muss.

Neben der schon oben angesprochenen Deutungsmöglichkeit einer Intimrasur als Zeichen der Unterwerfung der Subs ergibt sich aber sowohl für Doms als auch für Subs ein weiterer positiver Faktor bei rasierten Genitalien: Bei Männern hat ein rasierter Schaft eine optisch positive Auswirkung auf die Größe. Für einen männlichen Dom bedeutet das einen Prestigegewinn, weil er damit der Sub mittels seiner optischen Präsenz mehr Respekt einflössen kann, besonders beim Befehl zum Oralsex. Ein männlicher Sub dürfte bei seiner Dom aber ebenfalls angenehm auffallen, denn mir ist keine Frau bekannt, die etwas gegen ein großes Glied einzuwenden hätte.

Aber unabhängig von dem Faible ,Dom' oder ,Sub' gilt für beide Geschlechter, dass rasierte Genitalien ihren jeweiligen Trägern zu einem intensiveren Körperempfinden verhelfen. Das gilt sowohl für den Fall von Berührungen, als auch für die bessere Wahrnehmung der Luft und ihrer Temperatur. Unangenehm kann es jedoch im Fall von Kälte werden, weil auch diese intensiver wahrgenommen wird.

Einer der stichhaltigsten Gründe für eine Intimrasur und das sicher am häufigsten angeführte Argument ist der Vorteil, dass beim Oralsex die mit dem Mund aktive Person keine Haare in den Rachenraum aufnehmen kann. Wer schon einmal beim Oralsex ein Schamhaar oder beim Küssen ein Haupthaar in den Mund bekommen hat, weiß, wie unangenehm das sein

kann, vor allem dann, wenn man das Mundspiel nicht unter-
brechen will oder darf.

Allerdings wird der Vorteil der Haarlosigkeit im Intimbereich
mit dem Argument gekontert, dass sich der Sexualduft bei
Haarwuchs im Schambereich besser halte. Inzwischen haben
Wissenschaftler herausgefunden, wie sehr wir Menschen von
optischen Reizen und Düften geleitet werden, ohne uns dessen überhaupt bewusst zu sein. In entsprechenden Momenten
schaltet der natürliche Instinkt oder Trieb unser logisches
Denken aus und übernimmt das Kommando über unser Verhalten. Es ist daher nicht auszuschließen, dass eine Intimrasur
die Partnersuche insoweit erschwert. Andererseits darf aber
der Stellenwert der optischen Reize nicht vernachlässigt werden, so dass unser natürliches Triebverhalten die Reduzierung der Duftintensität offensichtlich kompensieren kann, was
die vielen Paare mit rasierten Menschen belegen. Ob diese
Kompensierung nun aber immer oder nur gelegentlich gelingt,
kann vom Verfasser wegen fehlender Informationen nicht beantwortet werden.

3. Fazit

Die vorstehenden Ausführungen zeigen, dass es eine Vielzahl
von Argumenten für und gegen eine Intimrasur gibt. Da die
Fachleute keine eindeutige Aussage zum Sinn der Schamhaare machen können, bleibt diese Maßnahme der Natur für uns
(derzeit noch) ein Rätsel. Bis zu dessen Lösung muss jeder

Mensch für sich selber entscheiden, was er besser findet: Blank oder behaart. Es ist und bleibt letztlich eine Geschmackssache, die man aber auch vielfältig variieren kann: Mal mit und mal ohne Behaarung, oder, gerade bei beziehungsweise an Frauen beliebt, ein schmaler ‚Anstandsstreifen' oder ein kleines Dreieck bei ansonsten vorgenommener Intimrasur. Subs können auch den Anfangsbuchstaben ihres Doms als Behaarung stehen lassen und auf diese Weise die Eigentumsrechte klar äußern. Es gibt also vielfältige Möglichkeiten, die nach heutigem Erkenntnisstand gesundheitlich unproblematisch sind. Damit gilt: Erlaubt ist, was gefällt!

Vertrauen – was ist das?

Es heißt, dass wir Menschen Herdentiere seien. Damit will man zum Ausdruck bringen, dass wir die Geselligkeit anderer Menschen brauchen. Um diese Geselligkeit zu erreichen, knüpft man üblicherweise Freundschaften, bei denen man sich austauscht oder innerhalb deren Rahmen etwas unternommen wird. Natürlich gibt es auch Menschen, die aus unterschiedlichen Gründen keine Freundschaften knüpfen oder aufbauen können. In solchen Ausnahmefällen entsteht eine soziale Vereinsamung, bei der Tiere an die Stelle menschlicher Freunde treten können.

Die überwiegende Mehrzahl der Menschen hat jedoch soziale Kontakte zu Artgenossen. Aus mancher Freundschaft wird mehr, und es entsteht eine Beziehung. Der Wunsch nach einer engeren Bindung dürfte dabei nicht nur auf den im Unterbewusstsein verankerten Drang zur Fortpflanzung zurückzuführen sein, weil damit keine homosexuellen Beziehungen erklärbar sein würden. Vielmehr dürfte auch der Wunsch, einen anderen Menschen zum Austausch selbst der geheimsten und vertraulichsten Dinge zu benötigen, einen gewissen Einfluss auf unser Verhalten haben. Stimmen dann auch noch die sexuellen Präferenzen überein, ist nach herkömmlicher Ansicht die Basis für eine glückliche Beziehung geschaffen.

Sofern beide Partner den Sadomasochismus als Präferenz ansehen, können sie im gegenseitigen Einvernehmen die favorisierten Spiele oder Experimente durchführen. Angesichts der oftmals vorgenommenen Fixierung und der üblicherweise schmerzhaften Behandlung der devoten Person ist es dabei unabdingbar, dass zwischen den Partnern ein großes Vertrauensverhältnis besteht. Diese Forderung kann man immer wieder hören und lesen. Was aber ist Vertrauen? Ist es das Gefühl, sich in der Nähe eines bestimmten Menschen wohl zu fühlen? Oder ist es Vertrauen, wenn sich ein devoter Mensch einem anderen im Rahmen eines SM-Spieles hingibt? Aber wie äußert sich dann das Vertrauen des dominanten Parts? Ist es ein Vertrauensbeweis, wenn ein dominanter Mensch einer anderen Person mit dessen Einverständnis Schmerzen zufügt? Signalisiert man dem anderen mit seinem Handeln und der Hingabe dazu, dass man sich in seiner Nähe wohl fühlt und ihn mit seinem Faible akzeptiert? Was ist Vertrauen?

Wenn man in der Literatur nachschlägt, stellt man fest, dass es keine einheitliche und feststehende Definition des Begriffes ‚Vertrauen' gibt. Als Begründung wird angeführt, dass es „eine Ausweitung des Bedeutungsfeldes auf alle nur denkbaren Gebiete" gebe (1). Unterhält man sich jedoch mit ‚normalen Durchschnittsmenschen' über dieses Thema, erhält man von vielen Leuten eine fast gleich lautende Definition: Demnach bedeutet Vertrauen das Gefühl, mit einer anderen Person über alles sprechen zu können, ohne durch diese (eventuell dauerhaften) Hohn und Spott oder gar Nachteile wie Ausgrenzung in gesellschaftlicher und/oder beruflicher Hinsicht erfahren zu müssen. Es macht einen Menschen zudem glücklich, sich mit jemanden über seine geheimsten Wünsche austauschen zu können, ohne selber peinlich berührt zu sein. Zudem umfasst Vertrauen auch die Gewissheit, dass das anvertraute Wissen vertraulich bleibt und nicht in Umlauf gebracht wird.

Diese Ansicht ‚normaler Menschen' bestätigt die Meinung, dass Vertrauen ein elementares Grundprinzip in zwischenmenschlichen Austauschprozessen ist (2). Es basiert demnach auf zwischenmenschlichen Kommunikations- und Informationsprozessen und kann definiert werden als eine „freiwillige Erbringung einer riskanten Vorleistung unter Verzicht auf explizite vertragliche Sicherungs- und Kontrollmaßnahmen gegen opportunistisches Verhalten in der Erwartung, dass der Vertrauensnehmer motiviert ist, freiwillig auf opportunistisches Verhalten zu verzichten" (3). Vertrauen bedeutet also die Annahme, dass Entwicklungen einen positiven oder erwarteten Verlauf nehmen. Wichtig ist dabei das Vorhandensein einer Handlungsalternative, da sich auf diese Weise ‚Vertrauen' von ‚Hoffnung' unterscheidet. Bezogen auf Bezugspersonen, und um solche handelt es sich bei einem Partner/einer Partnerin innerhalb einer Beziehung oder bei Freunden in einer Gruppe, beschreibt Vertrauen die Erwartung, dass sich deren künftige Handlungen im Rahmen von gemeinsamen Werten oder moralischen Vorstellungen bewegen werden. Vertrauen wird durch Glaubwürdigkeit, Verlässlichkeit und Authentizität begründet (4).

Damit basiert Vertrauen auf der Erwartung einer Person oder einer Gruppe, sich auf ein mündlich oder schriftlich gegebenes Versprechen einer anderen Person beziehungsweise

Gruppe verlassen zu können (5), und stellt damit einen Mechanismus zur Reduktion sozialer Komplexität und zudem eine riskante Vorleistung dar (6) Trotz dieser riskanten Vorleistung erzeugt Vertrauen dennoch ein Gefühl der Sicherheit (7).

Neben den wissenschaftlichen Versuchen einer Definition gibt es natürlich auch eine romantische Auslegung, die sich aus den Gesprächen mit Menschen ergibt. Danach bedeutet Vertrauen, dass eine Person mit einem einzigen Blick in die Augen eines anderen Menschen in dessen Seele blicken kann. Nicht umsonst heißt es ja auch, dass die Augen der ‚Spiegel der Seele' seien (8)

Nach meinem Dafürhalten kann man aus den vorstehenden Hinweisen ablesen, dass Vertrauen im menschlichen Zusammenleben eine Geste der Öffnung gegenüber der auserwählten Vertrauensperson unter gleichzeitigem Verzicht auf Geheimnisse jeglicher Art darstellt. Damit ist Ehrlichkeit eine wesentliche Voraussetzung beim Aufbau oder Erhalt eines Vertrauensverhältnisses, das heißt die Personen sagen sich stets die Wahrheit, auch wenn diese für den angesprochenen Menschen unangenehm oder gar verletzend sein könnte. Eine lediglich praktizierte ‚grundsätzliche Ehrlichkeit' erfüllt meines Erachtens diese Anforderung nicht, da ein Grundsatz immer auch Ausnahmen zulässt, deren Bestimmung durchaus kreativ gestaltet werden kann. Die Umsetzung der Forderung nach immerwährender Ehrlichkeit ist jedoch nicht einfach, weil es zu viele prekäre Situationen und Dinge gibt, die ein Mensch nicht gerne hören möchte. In solchen Momenten ist dann Taktgefühl erforderlich. Damit ist die Fähigkeit gemeint, mit einem anderen Menschen in Kontakt zu stehen, ohne ihn zu brüskieren, zu beschämen oder unangemessen zu Nahe zu treten (9). Die Schwierigkeit in einem Vertrauensverhältnis besteht also darin, seinem Gegenüber unangenehme Dinge in schonungsloser Offenheit so taktvoll beizubringen, dass diese Ehrlichkeit nicht als Beleidigung, Vorwurf, Provokation oder auf andere negative Weise aufgefasst werden kann. Es ist kein Geheimnis, dass das treffen des richtigen Tones eine Kunst ist. Allerdings kann ein Vertrauensverhältnis niemals als Einbahnstraße funktionieren, das heißt der die Kritik empfangende Part muss auf die Gewissheit vertrauen können, dass die schonungslos ehrliche Person ihre Äußerungen als konstruktiven Beitrag zum Verhalten, der Persönlichkeitsentwicklung usw. der kritisierten Person versteht. Zudem muss der Empfänger der Kritik seinerseits taktvoll genug sein, mit seiner Reaktion darauf die ehrliche Person nicht zu brüskieren oder gar zu beleidigen. Angesichts dieser engen Verbindung von Ehrlichkeit und Taktgefühl liegt meines Erachtens der Gedanke nahe, ein Vertrauensverhältnis als Einheit mit zwei Köpfen oder, anders ausgedrückt, Ehrlichkeit und Taktgefühl als Siamesischen Zwilling, der zusammen ein Vertrauensverhältnis ergibt, zu bezeichnen.

Auf Grund der engen Verbindung zwischen Ehrlichkeit und Taktgefühl wird auch deutlich, dass Vertrauen in einem Zusammenhang mit Verantwortung steht. Das bedeutet nämlich, dass die Akteure, denen Vertrauen geschenkt wird, die Verantwortung zum Honorieren dieser Gabe haben (10). Beide Seiten müssen also stets darauf bedacht sein, die praktizierte Ehrlichkeit und das erforderliche Taktgefühl wohldosiert einzusetzen, damit keine Disharmonie das Vertrauensverhältnis trüben kann. Ein Blick auf den realen Alltag zeigt deutlich, wie schwierig die Umsetzung dieser in der Theorie einfach klingenden Forderung tatsächlich ist. Erschwerend kommt hinzu, dass Vertrauen auch das Bewahren von Geheimnissen und den Verzicht auf Machtmissbrauch beinhaltet. Das durchaus reale Risiko, dass auf Grund von als verletzend empfundener Ehrlichkeit auf Grund eines falsch dosierten Taktgefühls beispielsweise die Vertraulichkeit eines Geheimnisses gebrochen wird, lässt viele Menschen die Ehrlichkeit einschränken. Ein tatsächlich gelebtes Vertrauensverhältnis würde jedoch nach meinem Dafürhalten einen solchen Abwägungsprozess überflüssig machen. Allerdings ist solch ein Vertrauen wohl eher ein theoretisches Optimum denn ein reales Phänomen.

Nachdem nun etwas Klarheit über Inhalt und Wesen von Vertrauen herrscht, stellt sich die Frage, wie es erworben werden kann. Aus den Gesprächen mit Menschen hat sich die übereinstimmende Ansicht ergeben, dass ein Mensch zwar einer anderen Person das Vertrauen aussprechen kann, sich diese aber dieses Privileg zuvor erarbeiten müsse. Zudem werde Vertrauen nicht einmalig ausgesprochen und wirke dann unbegrenzt fort, sondern die privilegierte Person müsse im weiteren Lebensverlauf immer wieder bestätigen, dass sie des Vertrauens noch würdig sei. Ein einmaliger Vertrauensbruch oder –missbrauch ist gewöhnlich nicht oder nur sehr schwer zu heilen. Wahrscheinlich wiegt eine Verletzung des Vertrauensverhältnisses deshalb so schwer, weil das Vertrauen üblicherweise von ganzem Herzen ausgesprochen wird und ein Missbrauch seelische und damit für andere Menschen unsichtbare Wunden unbekannter Tiefe hinterlässt. Erschwerend dürfte hinzukommen, dass auf Grund des Vertrauensverhältnisses von der vertrauenden Person Dinge preisgegeben werden, die eigentlich für keine unbefugte Person bestimmt sind, so dass ein Vertrauensbruch einem Betrug gleichgesetzt werden kann, der sich, möglicherweise gepaart mit der Scham wegen der preisgegebenen Geheimnisse, wegen der Hilflosigkeit des Vertrauenden in Wut und Hass äußern kann.

Bezogen auf das Faible SM äußert sich Vertrauen sicher darin, dass ein SM-Anhänger einem anderen Menschen detailliert von seinem Faible erzählen kann, und der andere versteht oder ernsthaft zu verstehen versucht, wie sich der offenbarende Mensch fühlt und was ihn innerlich umtreibt. Sofern die ins Vertrauen gezogene Person das SM-Faible nicht teilen sollte, ihr aber dennoch etwas an dem sich offenbarenden Menschen liegt, besteht die Ehrlichkeit im Zugeben der SM-Ablehnung. Diese Aussage muss jedoch so taktvoll formuliert werden, dass die offenbarende Person nicht wegen ihrer Neigung beschämt wird. Sollte sich nach erfolgtem Outing jedoch eine Beziehung oder auch nur eine SM-Spielsession zwischen beiden ergeben, basiert das Vertrauen auf dem Wissen und der Gewissheit des devoten Teils, dass der Dom ihm nichts

Böses will und deshalb nichts gegen seinen Willen geschehen wird. Seitens des Dom wiederum besteht das Vertrauen auf der Gewissheit, dass Sub über seine aktive Neigung unter allen Umständen Stillschweigen bewahren wird. Sofern ein Dom befürchten muss, dass er von Sub gegenüber Dritten als schlagender und misshandelnder Sadist dargestellt wird, kann kein Vertrauensverhältnis entstehen. Dom muss sich also darauf verlassen können, dass Sub dieses Wissen um seine Neigung, die mit den Spuren einer Session jederzeit belegt werden könnte, nicht missbrauchen wird.

Eine Verletzung des Vertrauensverhältnisses würde in einer SM-Beziehung gegenüber einer Vanilla-Beziehung sicher mindestens doppelt so schwer wiegen. Die tatsächliche Schwere dürfte dabei von der Art der Vertrauensverletzung abhängen: Im Falle der Enthüllung des Geheimnisses um die SM-Neigung einer Person dürften die bereits oben genannten seelischen Wunden entstehen, während bei einem Machtmissbrauch durch den Dom bei der Sub zusätzliche negative körperliche Empfindungen hinzukommen würden. Damit kommt dem dominanten Teil eine besondere Verantwortung zu, die angesichts der Verlockungen große Herausforderungen an seine Willenskraft stellt. Allein die Möglichkeit, angesichts fixierter Subs ein SM-Spiel nach eigenem Gusto auszudehnen, dürfte enorm sein, würde aber im Falle einer praktischen Umsetzung einen Vertrauensbruch darstellen. Vertrauen bedeutet daher also auch die Verantwortung, die Subs nicht zu überfordern und deren Grenzen einzuhalten, selbst wenn diese im Überschwang des Spiels eine Überschreitung fordern. Gleichzeitig bedeutet Vertrauen für den Dom die Gewissheit, dass sein Wunsch nach anderen, möglicherweise extremeren Praktiken als Geheimnis bewahrt wird. Vertrauen ist damit ein wichtiger Bestandteil in unseren Beziehungen, das als Wechselspiel funktioniert. Nur bezeichnet die Formulierung ‚Spiel' in diesem Falle kein Spiel im klassischen Sinne, sondern eine sehr ernste Angelegenheit, welche die Grundlage für ein Zusammenleben von Menschen darstellt. Wir sollten deshalb stets darauf bedacht sein, Vertrauen zu erwerben und uns anschließend dieses Vertrauens würdig erweisen. Auf diese Weise könnte uns und der Welt viel Böses erspart bleiben.

Anmerkungen

1 Vgl. Franz Petermann: Psychologie des Vertrauens. Salzburg 1985, S. 9.

2 Vgl. Arnold Picot/Ralf Reichwald/Rolf T. Wiegand: Die grenzenlose Unternehmung, Information, Organisation und Management. Wiesbaden 2001, S. 123 f.

3 Vgl. Arnold Picot/Ralf Reichwald/Rolf T. Wiegand: Die grenzenlose Unternehmung, Information, Organisation und Management. Wiesbaden 2001, S. 125.

4 Vgl. Hans Rudolf Jost: Komplexitätsfitness. Zürich 2000, hier zitiert nach: Wikipedia, Stichwort: Vertrauen.

5 Vgl. Franz Petermann: Psychologie des Vertrauens. Salzburg 1985, S. 12.

6 Vgl. Niklas Luhmann: Vertrauen, ein Mechanismus der Reduktion sozialer Komplexität. Stuttgart 2000, hier zitiert nach: Wikipedia, Stichwort: Vertrauen.

7 Vgl. Franz Petermann: Psychologie des Vertrauens. Salzburg 1985, S. 12.

8 In esoterischen Kreisen wird diese Ansicht bejaht, weil die Iris im Kleinen ein Abbild des gesamten menschlichen Organismus sei. Dadurch sei zum Beispiel die Irisdiagnose möglich. Daneben äußere sich auch der innerste Wesenskern, nämlich unsere Seele, über die Augen (auf eine Erörterung des Problems Leib-Seele-Geist wird an dieser Stelle verzichtet, weil es von der vorliegenden Fragestellung zu weit weg führen würde), vgl. www.puramaryam.de/augen.html.

Die Schulmedizin ist unter Berufung auf diverse Studien, insbesondere von der schwedischen Universität Obero, zu einem ähnlichen, wenngleich wissenschaftlicher formulierten, Ergebnis gekommen, vgl. den entsprechenden Hinweis auf einer Internetquelle, nämlich bei www.medvergleich.de/Artikel/Augen+der+Spiegel+#der+Seele.html.

9 Vgl. Wikipedia, Stichwort: Taktgefühl.

10 Vgl. hierzu die Ausführungen im Internet unter http://wirtschaftslexikon.gabler.de/Definition/vertrauen.html

Das Spannungsverhältnis von Lust und Unterwerfung beim passiven Part

Im Rahmen einer SM-Session gibt es eine klare Rollenverteilung: Der aktive Part ist der bestimmende Teil, während sich der Passive den Wünschen und Launen seiner Herrschaft zu unterwerfen hat. Eine Verweigerung oder ein Fehlverhalten werden von der Herrschaft nach eigenem Ermessen geahndet. Innerhalb welcher Grenzen sich eine solche Session abspielt und insbesondere welche Grenzen dem herrschaftlichen Ermessen bei einer Straffestlegung gesetzt sind, legen die Akteure zuvor in gegenseitigem Einvernehmen fest.

Die Unterwerfung sowie die Duldung von Strafen durch den passiven Part ist Ausdruck seines Faibles nach Unterwerfung und Erniedrigung, das mehr oder weniger stark ausgeprägt sein kann und sich beispielsweise im Lecken der Stiefel, Küssen der Füße und anderen Demutsgesten sowie dem Dulden einer Bestrafung, insbesondere mittels Rohrstock, Peitsche und anderen Instrumenten, äußert. Die Unterwerfung unter sowie die Behandlung durch den Aktiven verschafft dem passiven Part Lustgefühle, die er ohne einen SM-basierten Rahmen nicht oder nicht in dieser Intensität erleben würde.

Bezüglich der Begrifflichkeiten ‚Unterwerfung' und ‚Erniedrigung' sei auf den Aufsatz ‚Die Anrede einer Herrschaft' von Gerhard aus I. in der Nummer 103 der ‚Schlagzeilen' verwiesen, in der dezidiert dargelegt wird, dass eine Unterwerfung gleichbedeutend mit einer Demütigung ist. Dabei handelt es sich um die Anerkennung einer anderen Person als Autorität, bei der aber ein Gedemütigter als Mensch mit untergeordneter Stellung und geringerer Macht als die Autorität erhalten bleibt. Im Gegensatz dazu ist eine Erniedrigung mehr, weil es sich um eine moralische Herabsetzung handelt, beispielsweise um die Erniedrigung zu einem Gegenstand, einem Tier o.ä. Gerhard aus I. folgert daraus, dass eine gedemütigte Person im Gegensatz zu einer erniedrigten Person noch über gewisse Rechte verfügt. Bezogen auf das hier betrachtete Thema bedeutet diese Differenzierung, dass der passive Part seinen Lustgewinn aus der Unterwerfung unter eine andere Autorität bei gleichzeitiger Bereitschaft zur Aufgabe seines Menschseins zieht, so dass ihn die Herrschaft je nach Laune oder dem eigenen Faible zu ihrem Lustspielzeug, einem Haustier, einer Toilette usw. degradieren kann. Welche Daseinsform aber auch für den Passiven bestimmt wird, hat auf seinen grundsätzlichen Lustgewinn keinen Einfluss, da die sexuelle Spannung durch das Erleben der Unterwerfung bereits grundsätzlich besteht. Lediglich die Intensität der empfundenen Lustgefühle kann über die vom Aktiven erteilten Handlungen und Befehle sowie die Art der Erniedrigung und Strafen gesteuert respektive erhöht werden, sofern sie sich im abgesprochenen Rahmen bewegen.

Nun ist jeder Mensch bestrebt, seine Lust in einer für ihn hocherotischen Situation schnellstmöglich auszuleben. In einer SM-Session ist das jedoch nicht so einfach, denn auf Grund der Unterwerfung unter eine andere Autorität darf der passive Part eben nicht das schnelle Ausleben seiner Lust anstreben, weil er ja gerade die Kontrolle darüber an die Herrschaft abgetreten hat. Damit steht nur dem aktiven Part das Recht zu, dem Passiven die Erlaubnis zur Befriedigung zu gewähren, während der Passive nicht mehr das Recht besitzt, über seine Lust selbständig zu bestimmen. Vielmehr dient er seiner Herrschaft nur zu deren Vergnügen und zu deren Befriedigung, ohne dass auf seine eigene Lust Rücksicht genommen werden muss. Ob und gegebenenfalls wann sowie in welcher Form einem Passiven schließlich seine Lustbefriedigung gestattet wird, liegt ganz allein im Ermessen der Herrschaft (die sich natürlich an den vor Spielbeginn getroffenen Absprachen orientieren wird).

Gewiss kann nicht übersehen werden, dass der passive Part eigene Vorlieben und damit besonders hervorgehobene Gelüste hat, aus denen er für sich einen besonders hohen Lustgewinn zieht. Damit besteht für ihn im Rahmen einer jeden Session die Versuchung, durch Herbeiführen bestimmter Situationen seine besondere Vorliebe rasch genießen zu können, ohne die Intention des Spiels zu unterlaufen. Je nach Faible fällt die Herbeiführung einer solchen Situation leichter oder schwerer: Bei einer Vorliebe für Schläge mit dem Rohrstock muss er lediglich eine bestrafungswürdige Situation herbeiführen, während bei einem Faible zum Dienen als Toilette wesentlich mehr Einfallsreichtum erforderlich sein dürfte.

Unabhängig von der Erfolgschance, die gewünschte Folge zwecks schnelleren Lustgewinns auch tatsächlich herbeiführren zu können, dürfte es grundsätzlich im natürlichen Bestreben eines jeden Passiven liegen, die rasche Herbeiführung zumindest zu versuchen. Damit würde er jedoch seinen persönlichen Gelüsten absichtlich nachgeben und somit seine eigenen Bedürfnisse über diejenigen seiner Herrschaft stellen. Das könnte natürlich zu einer Bestrafung wegen unverschämten oder ungebührlichen Verhaltens und damit unter Umständen zu der vom Passiven gewünschten raschen Befriedigung seiner persönlichen Gelüste führen. Die Intensität der durch die Bestrafung erzeugten Lustgefühle wäre dann davon abhängig, ob die Herrschaft das Verhalten des Passiven durchschaut und die Strafe in der von ihm insgeheim gewünschten luststeigernden Form vollzieht oder nicht.

Davon abgesehen, dass ein Passiver beim bewussten Herbeiführen einer Bestrafung oder einer Erniedrigung seine Herrschaft des Instruments der Willkür beraubt, bedeutet es ein tatkräftiges Nachgeben der eigenen Lust, womit die in einer SM-Session logische Konsequenz in Form einer Erniedrigung oder Bestrafung tatsächlich eine Wohltat und keine Strafe mehr darstellen würde. Vielmehr würde es sich dann nur noch um reinen Lustgewinn für den Passiven handeln, eventuell garniert mit echten Schmerzen. Der Kern einer SM-Session ist jedoch das willkürlich ausgeübte Recht einer Herrschaft auf eine in ihr Belieben gestellten Bestrafung oder Benutzung des Passiven. Durch die willkürliche Verhängung von Strafen beziehungsweise der Benutzung nach eigener Lust und Laune demonstriert die Herrschaft ihre Macht über die erniedrigte Person und zieht daraus für sich einen persönlichen Lustgewinn. Da für den Passiven das Optimum seiner Lust in der Kombination von Unterwerfung unter diese Willkür, dem Schmerz sowie einer eventuell mit der Strafe verbundenen Beschämung besteht, würde er bei einem bewussten Herbeiführen einer Strafsituation einen, vielleicht sogar den wesentlichen Bestandteil seiner Lusterfüllung im Rahmen einer SM-Session verlieren, nämlich den Aspekt der Willkür. Weil alle drei Komponenten gemeinsam zu seinem größten Lustgewinn führen, würde der Wegfall dieses Bestandteiles somit die erlebte Intensität der Befriedigung beim Passiven erheblich schmälern. Das ist üblicherweise nicht in seinem Sinne, aber in einer erotisch aufgeheizten Atmosphäre befindet er sich immer in der Versuchung, seinem Streben nach Befriedigung noch vor dem Erreichen der Intensitätsspitze nachgeben. Damit bewegt sich eine passive Person während einer SM-Session in dem ständigen Spannungsverhältnis, durch eigenes Betreiben einen raschen und wahrscheinlich weniger intensiven Lustgewinn herbeizuführen oder durch wahre Unterwerfung zum Preis eines eventuell unerträglich wirkenden langen Wartens am Ende der Wartezeit das Optimum genießen zu können. Wie sich dieses Spannungsverhältnis letztlich auflöst, dürfte von Person zu Person unterschiedlich sein und wahrscheinlich auch von der jeweiligen Tagesform abhängen.

Angesichts des Themas dieser Überlegungen sei nur am Rande erwähnt, dass die Lustbefriedigung des Passiven durch eine von ihm absichtlich herbeigeführte Erniedrigung oder Bestrafung die Herrschaft nicht nur ihres Willküranspruchs beraubt, sondern ihr dadurch ein wichtiges Element ihrer eigenen Lusterfüllung vorenthält. Da bei einer SM-Session grundsätzlich immer der Grundsatz der Freiwilligkeit und der vorherigen Absprache der unbedingt einzuhaltenden Grenzen gilt und beide Seiten den für sich größtmöglichen Lustgewinn erzielen sollen, kann der Passive vor dem Beginn einer Session die Grenzen ziehen, innerhalb derer sich die Herrschaft frei bewegen kann und beide ihre Lust optimal ausleben können. Ein Überschreiten dieser Grenzen verbietet sich für die Herrschaft von selber, da anderenfalls ein eklatanter Vertrauensbruch festzustellen wäre. Innerhalb der getroffenen Absprache sollte sich der Passive dann aber ganz auf die Befriedigung der herrschaftlichen Lüste konzentrieren und seine eigene Befriedigung hintenanstellen, sich also der (durch die vorherige Absprache also letztlich von ihm selber begrenzten) Willkür unterwerfen – durch sie wird er ja seine eigene Lust in größtmöglichem Umfange entfalten können, aber eben als Kombination von Unterwerfung unter diese Willkür, den Schmerz und die eventuelle Beschämung durch die Bestrafung. Das dürfte höher einzustufen sein als das absichtliche Herbeiführen einer Bestrafung zum schnellen Lustgewinn, weil dem Passiven mit der Willkür dann das dritte und vielleicht wichtigste Element in einer SM-Session fehlen würde. Das wäre wie beim Fehlen von Salz in der Suppe: Sie sättigt und schmeckt, wirkt aber im Vergleich zum möglichen Optimum etwas fade - allerdings kann dieses Wissen im Rausch der Sinne rasch verloren gehen.

SM und männliche Subs im fortgeschrittenen Alter

Es ist eine Tatsache, dass der Mensch schon bei seiner Geburt zu altern anfängt. Zunächst macht sich das ausgesprochen positiv bemerkbar, denn im Laufe der Jahre wächst man heran und erwirbt Wissen, so dass neben der körperlichen Leistungsfähigkeit auch die geistigen Fähigkeiten steigen. Irgendwann kippt diese Entwicklung jedoch in ihr Gegenteil, das heißt mit zunehmendem Alter erhöht sich die Anzahl der körperlichen Anfälligkeiten, Unzulänglichkeiten und Gebrechen. Neben den gesundheitlichen Problemen werden zudem optische Veränderungen erkennbar, beispielsweise in Form von Faltenbildung, Haarausfall usw. Zudem sinkt, bedingt durch das tägliche und nicht steuerbare Absterben von Gehirnzellen, auch die geistige Flexibilität. Der Prozess des Alterns läuft also mit zunehmender Dauer auf Einschränkungen bei der körperlichen Leistungsfähigkeit und der geistigen Flexibilität sowie auf Veränderungen im optischen Erscheinungsbild hinaus. Natürlich verläuft diese Entwicklung bei jedem Menschen anders, vor allem in Bezug auf die Geschwindigkeit, aber das Altern ist dennoch ein grundsätzlicher Bestandteil des menschlichen Daseins.

Sieht man einmal von den gesundheitlichen Aspekten und der daraus resultierenden Belastbarkeit ab, stellt sich die Frage, ob ein fortgeschrittenes Alter auch Auswirkungen auf das Verhalten haben kann, insbesondere beim Ausleben sexueller Vorlieben. Aus dem Vanilla-Bereich sind dank der vielen

‚Klatschzeitschriften' die Affären älterer Männer mit jungen Frauen, die teilweise ihre Enkelinnen sein könnten, ebenso bekannt wie die Berichte über wilde Sex-Partys, die man neuerdings ‚Bunga-Bunga-Partys' nennt. Damit hat uns Italien nicht nur die Pizza beschert, sondern dank seines Ministerpräsidenten im Seniorenalter auch unseren Sprachschatz um einen neuen Terminus bereichert. Allerdings gibt es auch zunehmend ältere Frauen im ‚Glamour-Bereich', die sich junge Männer ‚zulegen', allerdings ist die entsprechende Berichterstattung im Vergleich zu den Affären älterer Männer eher spärlich. Ob das einer zahlenmäßig geringen Personengruppe oder anderen Gründen geschuldet ist, kann an dieser Stelle auf Grund fehlender Informationen nicht beantwortet werden.

Aber nicht nur Prominente scheinen das zunehmende Alter mit sehr jungen Gespielinnen überdecken zu wollen. Auch die Normalbürger, von der Presse unbeachtet, gehen diesen Weg. Sie suchen in ihnen geeignet erscheinenden Lokalitäten ihres Umfeldes Sexualpartnerinnen oder sie versuchen, mittels Heiratsanzeigen junge Frauen aus wirtschaftlich schwachen Ländern zu gewinnen, um sie mit den Verlockungen des in Deutschland üblichen Wohlstandes an sich zu binden. Dieses Vorgehen ist nicht neu, lediglich die Nationalität der Zielgruppe hat sich geändert: Standen bis vor zwanzig Jahren Asiatinnen, insbesondere Thailänderinnen und Philippinas, auf der Liste der begehrten Frauen ganz weit oben, haben inzwischen die Osteuropäerinnen den Spitzenplatz erobert. Von älteren Frauen sind auch hier, abgesehen von gelegentlichen

Berichten über ‚Lustreisen' nach Kenia, Tunesien und Marokko, keine Informationen vorhanden.

Damit ist in allen Gesellschaftsschichten der Trend erkennbar, dass sich ältere Menschen jüngere Personen zum Ausleben ihres Sexualbedürfnisses suchen. Das Prinzip der Vorgehensweise ist dabei gleich: Die Ausgangssituation der deutschen Männer und Frauen besteht in ihrem Wohlstand, der für deutsche Verhältnisse durchaus bescheiden sein mag, im internationalen Vergleich jedoch enorm erscheinen muss. Während also Prominente und ‚Normalbürger' für sich einen Weg, das Altern trotz seiner körperlichen Begleiterscheinungen gefühlsmäßig zu stoppen, gefunden haben, stellt sich die Frage, ob es auch abseits des Vanilla-Bereiches mit seinem Blümchensex die Möglichkeit einer Kompensation gibt. Welche Folgen kann beispielsweise ein fortgeschrittenes Alter für einen masochistischen Mann haben? Kann er, abgesehen von der Nutzung gewerblicher Angebote, auf ein privates Glück hoffen?

Zugegeben, die Suche nach einer Antwort auf diese Frage ist von vielen Faktoren abhängig. Das beginnt bereits mit der Frage, was ein ‚fortgeschrittenes Alter' sein könnte. Da der Alterungsprozess bei jedem Menschen in einer anderen Geschwindigkeit voranschreitet, kann es auf diese Frage sicher keine allgemeingültige Antwort geben. Für den hier angestrebten Zweck einer allgemeinen Betrachtung der Problematik ist eine konkrete Festlegung zwar nicht unbedingt erforderlich, aber um die Thematik zu verdeutlichen, bietet sich eine Defini-

tion an. Deshalb wird das ‚fortgeschrittene Alter' ohne Einbeziehung etwaiger gesundheitlicher, optischer oder anderer
Standards auf 70 und mehr Jahre festgelegt, wobei diese
Festlegung zugegebenermaßen eher willkürlich als sachlich
begründet erfolgt.

Des Weiteren dürfte von Bedeutung sein, ob ein Mann der
definierten Altersgruppe in einer festen Beziehung lebt oder
nicht. In einer festen Beziehung dürften die Antworten auf die
vorstehend aufgeworfenen Fragen wegen des gemeinsamen
Älterwerdens und der damit möglicherweise von den Partnern
eher unbemerkt voranschreitenden Veränderungen anders als
von Alleinstehenden beantwortet werden. Aus dem Vanilla-
Bereich ist bekannt, dass in den dortigen Beziehungen die
sexuellen Aktivitäten im Laufe der Jahre zu ritualähnlichen
Abläufen geworden sind, die eher gewohnheitsmäßig und
nicht lustbedingt ausgelebt werden. Sofern die altersbedingten
Veränderungen, insbesondere in der Optik, von der jeweiligen
altersmäßig passenden Partnerin bemerkt werden, erfolgt
oftmals ein Ignorieren derselben, was weniger einer Unemp-
findlichkeit als mehr dem Gefühl des Ignorierens auf Grund
der langen Zweisamkeit entspringt oder weil die Folgen auf
Grund des langsamen und schleichenden Prozesses der Ver-
änderung lange Zeit weitestgehend unbemerkt geblieben sind.
Werden die altersbedingten Veränderungen dann doch regis-
triert, dürfte in einer Beziehung zumindest nach außen ein
Ignorieren vorherrschen, weil beide Teile dem Alterungsprozess unterliegen. Das könnte ein tolerieren von abstoßenden

Elementen erleichtern. Bezüglich deutlich jüngerer Gespielinnen wird zudem immer wieder berichtet, dass ein gewisses Maß an Abscheu vor dem Geschlechtsakt mit einem Mann im deutlich fortgeschrittenen Alter auftritt, das durch Geschenke gelindert wird.

Des Weiteren dürfte dem Aussehen, also dem äußerlichen Erscheinungsbild, eine wichtige Funktion zukommen: Sieht man einem beispielsweise siebzigjährigen Mann das Alter an oder wirkt er wie ein Fünfundfünfzigjähriger? Je jünger ein Mann wirkt, desto größer dürften seine Chancen beim Auffinden einer neuen Herrschaft sein, denn beim Dienen ist für den aktiven Teil neben dem Verhalten auch das Erscheinungsbild von Bedeutung. Ein, überspitzt formuliert, Faltenüberzogener Mann von siebzig Jahren mit altersbedingt leicht zittrigen Fingern dürfte es schwer haben, von einer unter Umständen deutlich jüngeren Herrschaft als vollwertiger Sklave akzeptiert zu werden, weil diese aus optischen Gründen sicher einen jüngeren Mann bevorzugen würde, da SM auch immer eine sexuelle Komponente beinhaltet.

Neben dem optischen Erscheinungsbild dürfte bei einem vorausgesetzten angemessenen Verhalten der Gesundheitszustand ein weiteres wesentliches Kriterium sein: Ein Sklave, der auf Grund seines altersbedingten Gesundheitszustandes Strafen nur in sehr geringem Umfange ertragen kann, dürfte auf viele Herrschaften ebenfalls nur einen eingeschränkten Reiz ausüben.

Aus den beiden vorstehend skizzierten Gründen dürfte es ein männlicher Sub im fortgeschrittenen Alter sicher schwer haben, auf Grund seiner Ausstrahlung und seiner Einschränkungen eine Herrschaft zu finden. Vielmehr dürfte die Gefahr groß sein, dass er auf Ablehnung stoßen oder, um diese Gefahr in seinen Augen zu minimieren, in übertrieben devot/masochistische Verhaltensweisen verfallen und damit eher zu einer Belustigung für jüngere Herrschaften werden wird. In beiden Fällen dürfte es im Falle eines tatsächlichen Zustandekommens einer SM-Session auf der dominanten wie auf der devot/masochistischen Seite zu einem Absinken des Vergnügens an den Aktivitäten kommen. Zwar könnte sich der gealterte Sklave den Respekt durch tadelloses Verhalten und großes Durchhaltevermögen bei Strafen verdienen, aber angesichts der mit dem Alter abnehmenden Gesundheit sinkt auch, wie schon oben erwähnt, die Belastbarkeit und birgt damit für den aktiven Teil angesichts der zusätzlichen Risiken einen nicht unerheblichen Verantwortungszuwachs. Ob der aktive Part diese gewachsene Verantwortung übernehmen will, ist sicher individuell verschieden, dürfte aber mit zunehmendem Alter des Sklaven und dem damit steigenden Risiko für den dominanten Part unwahrscheinlicher werden.

Die vorstehenden Überlegungen deuten, basierend auf den Erfahrungen im Vanilla-Bereich, darauf hin, dass ein männlicher Sub im hier definierten fortgeschrittenen Alter für dominante Personen unattraktiv und mit Blick auf die Gesundheitsproblematik zu einem Risikofaktor werden könnte. Wie aber kann ein solcher Mann dennoch sein SM-Faible ausleben? Bleibt ihm nur der Rückgriff auf kommerzielle Angebote? Oder muss er der praktischen Umsetzung entsagen und sich auf das Lesen von Büchern und Magazinen beschränken? Denkbar wäre auch, dass er seine devot/masochistische Neigung unterdrückt. Keine der genannten Möglichkeiten erscheint jedoch in meinen Augen als befriedigende Lösung.

Eine weitere Alternative wäre ein Wechsel des Faibles, also ein Wechsel vom Sklaven zur Herrschaft. Einem solchen Turn dürfte aber zunächst die verinnerlichte Neigung im Wege stehen, denn ein jahrzehntelang als Sklave lebender und sich dabei wohlfühlender Mensch dürfte nicht ‚einfach so' seine Befriedigung in der Ausübung des dominanten Parts finden. Natürlich könnte er versuchen, seine tatsächlichen devot/masochistischen Gefühle während einer Session zu unterdrücken und dominant zu erscheinen, aber würde ihn diese Vorgehensweise wirklich befriedigen? Zudem würde sich die Frage stellen, ob ein solches Verhalten ehrlich wäre. Gerade beim Ausleben des SM ist Vertrauen und Ehrlichkeit eine wichtige Voraussetzung, und dagegen würde eine allein aus Altersgründen vom Sklaven zum Dom gewechselte Person verstoßen. Selbstverständlich könnte er schon beim Kennenlernen oder vor dem Beginn einer Session auf seinen Wechsel vom Sklaven zum Dom hinweisen, aber wie hoch ist dann die Akzeptanz bei potenziellen Subs? Es steht zu befürchten, dass sich diese lieber einen ‚natürlich veranlagten' Dom suchen, weil sie von diesem auf Grund seines echten dominanten Naturells mehr Authentizität und damit letztlich einen höheren Grad der Befriedigung erwarten werden. Für einen vom Sklaven zum Dom geturnten Mann kommt zudem noch belastend das Problem der fehlenden Erfahrung auf der aktiven Seite hinzu. Letzteres könnte er allerdings lösen, indem er rechtzeitig auf die aktive Seite wechseln und dort Erfahrungen sammeln würde. Auf diese Weise könnte er schon ab einem gewissen Alter als Switch seine eigentliche Neigung ausleben und zusätzlich, sozusagen vorbeugend für das Alter, Erfahrungen als Aktiver sammeln. Aber ab welchem Alter sollte sich ein Mann, abgesehen von der Problematik des Ansehens eines Switch, auf einen solchen Wechsel vorbereiten und entsprechend ‚umschulen'? Bislang scheint es hierzu keine Empfehlungen zu geben, so dass die Frage an dieser Stelle unbeantwortet bleiben muss.

Es scheint, dass ein fortgeschrittenes Alter die Attraktivität eines männlichen Subs sinken lässt. Bei der Beschäftigung mit dem Thema ‚SM und männliche Subs im fortgeschrittenen Alter' haben sich mir viele Fragen aufgedrängt, auf die ich keine Antworten finden konnte, weder in der Literatur noch als Ergebnis meines eigenen Nachdenkens. Es scheint, dass dieses Thema noch weitgehend unbeachtet geblieben ist. Das überrascht mich, denn es ist früher oder später für jeden männlichen Sub relevant. Je eher man sich damit auseinandersetzt, desto länger kann der SM das eigene Leben bereichern und das Sexualleben erfüllen. Vielleicht kann dieser Artikel die Sensibilität für das Thema erhöhen und zum Nachdenken anregen. Möglicherweise finden sich dann auch Antworten auf die offenen Fragen.

Sadomasochismus und Spiritualität:
Führt der Sadomasochismus
zu einem höheren Bewusstsein?

Es gibt viele Bücher, die sich mit Sexualität und Spiritualität beschäftigen. Dabei geht es oftmals um die Frage nach der Vereinbarkeit von Sex und religiösen Vorstellungen. Hintergrund dieser Bücher ist die Unterscheidung zwischen ‚Sex aus Liebe' und ‚Sex ohne Liebe'.

Es ist allgemein bekannt, dass das Christentum und insbesondere die Katholische Kirche in der offiziellen Doktrin Sex ausschließlich zur Fortpflanzung erlaubt, die körperliche Liebe als purem Vergnügen hingegen ablehnt. Diese Sichtweise hat zu skurril anmutenden Gesetzen wie dem Verbot des Oral- und Analsex sowie der gesetzlichen Verpflichtung zur ausschließlichen Anwendung der Missionarsstellung in einigen Bundesstaaten der Vereinigten Staaten von Amerika geführt, die sich für besonders christlich halten. Diese Gesetze sind übrigens oftmals heute noch in Kraft (vgl. exemplarisch: Roman Leuthner: Nackt duschen streng verboten, Die verrücktesten Gesetze der Welt. München 2009, S. 38 (nur Missionarsstellung erlaubt – Florida), S. 78 (Verbot von Oralsex - North Carolina), S. 86 (Verbot von Oral- und Analsex - Virginia)).

Aber auch in anderen Kulturkreisen wird Sex ohne Liebe abgelehnt. Es gibt sogar Tantra-Lehrer, die puren Sex als „Sexualität ohne Liebe = tierische Triebkraft, die zu Abhängig-

keit und Unfreiheit führt (zumindest in der westlichen Welt)"
ansehen (vgl. www.puramaryam.de/sexweg.html). Bemerkenswert ist der Hinweis auf die westliche Welt, womit offensichtlich zum Ausdruck gebracht werden soll, dass hier die sexuelle Zügellosigkeit besonders weit verbreitet ist. Daneben wird aber indirekt unterstellt, dass eine solcherart gelebte Sexualität keine tiefer gehende Erkenntnis oder gar spirituelle Entwicklung zulässt.

Sieht man mal von den auf Doktrinen einzelner Kirchen und Religionsgemeinschaften basierenden subjektiven Antworten ab, bleibt die Frage, ob Sexualität im Allgemeinen und Sadomasochismus als Form der Sexualität im Besonderen, zu einer Form der Spiritualität und damit zu einem höheren Bewusstsein führt, unbeantwortet.

Will man sich diesem Thema nähern, müssen zunächst die Begriffe Sexualität, Sadomasochismus und Spiritualität definiert werden. Beginnen wir mit der Sexualität:

Als Sexualität wird die Gesamtheit der Äußerungen und der Erscheinungsformen des Geschlechtstriebes bezeichnet (vgl. Walter Burkart (Hg.): Grosses Universal Lexikon, Band 5. Zug 1982, S. 1936). Dabei unterscheidet diese Definition nicht zwischen ‚normaler' und ‚unnormaler', also perverser Sexualität. Diese Unterscheidung wird von Psychologen vorgenommen, die offensichtlich auf Grundlage von empirischen Erhebungen festlegen, was der ‚empirischen Norm' entspricht bzw. von dieser Norm abweicht (vgl. http://de.wikipedia.org/wiki/Pervers sowie die darauf basierende Betrachtung bei Andy Daring: Perversion oder Normalität? In: Schlagzeilen, Vol. 112, S. 51 f.).

Der Geschlechtstrieb dient aus biologischer Sicht der Fortpflanzung und ist damit auf die Arterhaltung ausgerichtet. Die christliche Religion hat sich diese Sichtweise offensichtlich zu eigen gemacht und vertritt sie mit religiösen Begründungen. Neben diesen beiden Sichtweisen dient die sexuelle Befriedigung auch der Entspannung: Finden beim Mann nicht immer wieder Ejakulationen bzw. bei der Frau Orgasmen statt, wird das logische Denken vom Geschlechtstrieb überlagert und die Konzentrationsfähigkeit des Menschen, insbesondere des Mannes, leidet (persönliches Gespräch des Verfassers mit einer Dame aus dem Gunstgewerbe im Jahre 2008).

Sieht man jedoch von der rein biologischen Funktion ab, entdeckt man die Sexualität auch im sozio- und verhaltensbiologischen Sinne: Hier bezeichnet der Begriff die Formen dezidiert geschlechtlichen Verhaltens zwischen den Geschlechtspartnern. Bei vielen Wirbeltieren hat das Sexualverhalten zusätzliche Funktionen im Sozialgefüge hinzugewonnen, die nichts mit den biologischen Funktionen zu tun haben. Aus diesem Grund müssen die handelnden Personen hier nicht unbedingt unterschiedlichen Geschlechts sein (vgl. http://de.wikipedia.org/wiki/Sexualität%C3%A4t).

In einem weiteren Sinne wird unter dem Begriff ‚Sexualität' die Gesamtheit der Lebensäußerungen, der Verhaltensweisen, der Empfindungen sowie der Interaktionen von Lebewesen in Bezug auf ihr Geschlecht verstanden. In allen Kulturen wird zwischenmenschliche Sexualität auch als möglicher Ausdruck von Liebe zwischen zwei Personen verstanden (vgl. http://de.wikipedia.org/wiki/Sexualität%C3%A4t).

Nach diesen Definitionen der Sexualität im Allgemeinen wenden wir uns nun einer Variante im Besonderen zu, nämlich dem Sadomasochismus:

Der Begriff ‚Sadomasochismus' geht auf die Kontraktion der Termini ‚Sexueller Sadismus' und ‚Sexueller Masochismus' zurück und beschreibt das aktive oder passive Zufügen von Schmerzen, Erniedrigung (bezüglich der Differenzierung zwischen Erniedrigung und Demütigung vgl. Gerhard aus I: Die Anrede einer Herrschaft. In: Schlagzeilen, Vol. 103, S. 30 f., hier: S. 30), Fesseln usw. zur sexuellen Stimulation. Dabei gibt es eine Vielfalt von Facetten, denn neben körperlichen Schmerzen können auch psychische oder seelische Qualen manche Menschen sexuell anregen (Lustschmerz) (vgl. http://de.wikipedia.org/wiki/Paraphilie, S. 7).

Angesichts der engen mentalen Bindung und dem unbedingt erforderlichen Vertrauensverhältnis zwischen Herrschaft und Masochist angesichts der gesundheitlichen Risiken bei fehlerhaft durchgeführten Aktivitäten wird meines Erachtens deutlich, dass der Sadomasochismus nicht nur der Befriedigung des Geschlechtstriebes zum Zwecke der Fortpflanzung dient, sondern zudem Sexualität im sozio- und verhaltensbiologischen Sinne darstellt. Wenn er aber schon innerhalb der Definitionen der Sexualität vielfältig ist und über das Ziel der Befriedigung des Geschlechtstriebes hinausgeht, könnte er auch spirituelle Möglichkeiten erschließen und einen Weg zu einem höheren Bewusstsein darstellen. Um hierzu aber eine konkretere Aussage treffen zu können, muss zunächst definiert werden, was denn eigentlich ‚Spiritualität' ist:

Die spontane Antwort wird lauten: Spiritualität ist die Suche nach dem Sinn und der Bedeutung des Lebens. Diese Suche ist so alt wie die Menschheit: Nachdem sie einen bestimmten Stand, der von einer Hauptfigur in einem Roman treffend „die vier Fs" genannt wird (gemeint sind „Feinde, Fliehen, Fressen und…Partnersuche" (David Lodge: Denkt. Roman 2001, S. 158), überwunden hatte, entwickelte sich die Suche nach dem Sinn des Lebens zur neuen Herausforderung, die sich zunächst zu einer Suche nach Gott entwickelte. Dabei konnte Gott durchaus auch im Inneren des Menschen wohnen (‚Daimonium' bei Sokrates (vgl. Wolfgang G. Esser: Philosophische Gottsuche, Von der Antike bis heute. München 2002, S. 58) oder in den chinesischen Glaubensvorstellungen des Taoismus zur Zeit der Sechs Dynastien (ca. 400 bis 600 nach unserer Zeitrechnung), vgl. die ausführliche Darstellung bei: Mircea Elide: Geschichte der religiösen Ideen, Bd. 4: Vom Zeitalter der Entdeckungen bis zur Gegenwart, S. 62 ff.). Die katholische Kirche hatte jedoch eine andere Heilslehre entwickelt und sucht den Sinn in einem gottgefälligen Leben, wobei Gott als Wesenheit außerhalb des Menschen angesehen wird.

Im Mittelalter gab es zahlreiche Strömungen, deren Angehörige versuchten, außerhalb der Kirche einen spirituellen Weg zu gehen. Die Katharer beispielsweise hatten zwar einen

Glauben an religiöse Lehren, daneben haben sie aber bewusst auch eine innere Entwicklung, die sie vom ‚irdischen' Menschen über den ‚Gläubigen' (Croyant) zum ‚Vollkommenen' (Parfait) führen sollte, vollzogen. Sie haben versucht, ihre Haftung an die ‚luziferische' Welt der Erscheinungen zu lösen – sei es in der Haftung durch Leidenschaften und Aggressionen, sei es die durch Hoffnungen auf Glück, Reichtum und Macht. So konnten sie vom Vergänglichen frei werden und als Vollkommene das Unvergängliche, die göttliche Welt des ‚Unsichtbaren Vaters' im eigenen Inneren erleben – und das bereits zu Lebzeiten und nicht erst nach dem Tod in einem nebelhaften Jenseits (vgl. Konrad Dietzfelbinger: Nachwort. Zu: Piers Paul Read: Die Templer, Die Geschichte der Tempelritter, des geheimnisvollen Ordens der Kreuzzüge. München 2005, S. 331—347, hier: S. 332 f.).

Die Suche nach Gott und dem Sinn des Lebens hält bis heute an. Die seit den 1980er Jahren boomende neuesoterische New-Age-Bewegung scheint in der postmodernen Gesellschaft über Wege außerhalb der Religion das von Nikolaus von Kues formulierte „unablässige Sehnen aller nach dem Einen" neu belebt zu haben. In christlichen Kreisen wird daher die Frage aufgeworfen, ob die Suche nach persönlicher Anbindung an eine höhere Macht, an eine übersinnliche geistige Welt die unmittelbare Erfahrung ‚Gott in mir' der christlichen und außerchristlichen religiösen Mystik wie auch der panentheistischen philosophischen Tradition ersetzt hat (vgl. Wolfgang G. Esser: Philosophische Gottsuche, Von der Antike bis heute. München 2002, S. 193). Die Betondecke unserer bisherigen Selbstdefinition über Beruf, Wohlstand, Rundumerhaltung, Haben-was-alle-haben-und-was-man-heute-haben-muss, um etwas zu sein, sowie die techno-ökonomische Begeisterung hat den spirituellen Hunger nicht stillen können. Die Frage ‚Was ist der Mensch?‘ ist bis heute ungelöst und regt sich erneut (vgl. Wolfgang G. Esser: Philosophische Gottsuche, Von der Antike bis heute. München 2002, S. 194).

Trotz der Jahrhunderte währenden Suche in allen Kulturkreisen der Erde gibt es also bislang nur Ideen, aber keine Antwort auf die Frage nach dem Sinn des Lebens oder wie ein höheres Bewusstsein erreicht werden könnte. Selbst eine konkrete Definition des Begriffes ‚Spiritualität‘ ist bis heute nicht vorhanden und die Suche danach wird durch die oft synonyme Verwendung der Begriffe ‚Spiritualität‘ und ‚Religiosität‘ erschwert. Dennoch steht fest, dass der Begriff ‚Spiritualität‘ seinen Ursprung im lateinischen Wort ‚spiritus‘, was ‚Geist‘ bzw. ‚Hauch‘ bedeutet, bzw. ‚spiro‘, was ‚ich atme‘ bedeutet, hat. Damit wird bereits deutlich, dass Spiritualität im weitesten Sinne Geistigkeit bedeutet und auf eine Geistigkeit aller Art ausgerichtet sein kann. Im engeren Sinne kann es eine auf Geistliches in spezifisch religiösem Sinn ausgerichtete Haltung meinen. Bei einer Auslegung im engeren Sinne steht Spiritualität dann immer für die Vorstellung einer geistigen Verbindung zum Transzendenten, dem Jenseits oder der Unendlichkeit (vgl. http://de.wikipedia.org/wiki/Spiritualität, S. 1). Sie ist damit das, was viele Menschen innerhalb oder außerhalb der Kirchen suchen, nämlich Orientierung, Wahrheit und Transzendenz (vgl. www.paul-orzessek.de/Okkultismus-Web/definition.htm). Damit lässt sich Spiritualität von einer Religion abgrenzen, weil eine patriarchale Religion immer materiell ausgerichtet ist. Zudem beruht Spiritualität auf ‚wissen' und somit auf Erfahrung, während Religion auf ‚glauben' basiert (vgl. http://matriarchat.info/glossar/index/php).

Die Bedeutungsinhalte der Spiritualität sind vom weltanschaulichen Kontext abhängig, aber sie beziehen sich immer auf eine immaterielle, nicht sinnlich fassbare Wirklichkeit (Gott, Wesenheiten, Kräfte), die dennoch erfahr- oder erahnbar ist (Erwachen, Einsicht, Erkennen) und die der Lebensgestaltung eine Orientierung gibt. Als Ausdrucksformen der Spiritualität werden sieben Faktoren differenziert:

- Gebet, Gottvertrauen und Geborgenheit

- Erkenntnis, Weisheit und Einsicht

- Transzendenz-Überzeugung

- Mitgefühl, Großzügigkeit und Toleranz

- Bewusster Umgang mit anderen, sich selbst und der Umwelt

- Ehrfurcht und Dankbarkeit

- Gleichmut und Meditation.

Der Begriff ‚Spiritualität' bezeichnet demnach eine nach Sinn und Bedeutung suchende Lebenseinstellung, bei der sich der suchende Mensch seines ‚göttlichen' Ursprungs bewusst ist (wobei damit sowohl ein transzendentes als auch ein immanentes göttliches Sein gemeint sein kann) und eine Verbundenheit mit anderen, der Natur, dem Göttlichen usw. spürt.

Daraus resultiert das Bemühen um die konkrete Verwirkli-
chung der Lehren, Erfahrungen oder Einsichten im Sinne einer
individuell gelebten Spiritualität, die durchaus nichtkonfessio-
nell sein kann. Dieses Bemühen hat unmittelbare Auswirkungen auf die Lebensführung und die ethischen Vorstellungen
(vgl. Arndt Büssing/Thomas Ostermann/Michaela Glöck-
ler/Peter F. Matthiessen: Spiritualität, Krankheit und Heilung –
Bedeutung und Ausdrucksformen der Spiritualität in der Medi-
zin 2006, hier zitiert nach:
http://de.wikipedia.org/wiki/Spiritualität, S. 2). Die Grundhal-
tung ist daher keine Ego-zentrierte Haltung, sondern auf ein
transzendentes ‚Zentrum' gerichtet (vgl.
http://de.wikipedia.org/wiki/Spiritualität, S. 2). Da ‚Transzendenz' nicht nur das Überschreiten der Grenze zwischen zwei
Gebieten und dabei besonders das gedankliche Hinausgehen
über die Grenzen möglicher Erfahrungen, sondern auch das
Ziel bzw. den Gegenstand dieses Hinausgehens (das Übersinnliche, Absolute, namentlich die Jenseitigkeit Gottes) bezeichnet (vgl. Walter Burkart (Hg.): Grosses Universal Lexikon, Band 5. Zug 1982, S. 2121), scheint dieser ‚Gegenstand'
das ‚Zentrum' näher zu bezeichnen.

Die vorstehend skizzierten Erläuterungen zum Begriff ‚Spiritualität' machen deutlich, wie kompliziert eine Definition und
wie schwer fassbar die Ziele der Spiritualität sind. Beschränkt
man sich jedoch auf die Feststellung, dass sie den Menschen
zu einem höheren Bewusstsein führen soll, könnte man sie
von ihrem theoretischen Ansatz lösen und auf die Praxis des

realen Erlebens übertragen. Dann wird auch die Suche nach einer Antwort auf die Ausgangsfrage, ob der Sadomasochismus zu einem höheren Bewusstsein führen kann, möglich.

Wie bereits oben dargestellt wurde, ist das aktive oder passive Zufügen von Schmerzen, Erniedrigungen usw. das Wesensmerkmal des Sadomasochismus. Aber auch wenn die schmerzhaften Handlungen von einer Herrschaft ausgeführt werden, stellt das Verhalten des Masochisten durch das freiwillige Unterwerfen und Erdulden der Auspeitschung usw. meines Erachtens eine Form der Selbstgeißelung dar, obwohl der Masochist nicht persönlich die Peitsche schwingt. Fraglich ist damit, ob eine Selbstgeißelung zu einem höheren Bewusstsein führen kann.

Dabei steht zunächst einmal fest, dass die Selbstgeißelung schon sehr früh verbreitet war: Vorchristliche Religionen wie z.B. der ägyptische Isis-Kult oder der griechische Dionysos Kult pflegten die Selbstgeißelung, die Juden praktizierten sie bei großen Tempelzeremonien und während der römischen Lupercalien wurden Frauen gegeißelt, um die Fruchtbarkeit anzuregen. Auch in das Christentum fand diese Praktik Eingang (vgl. http://de.wikipedia.org/wiki/Flagellanten, S. 1). Im 13. und 14. Jahrhundert entstand schließlich die christliche Laienbewegung der Flagellanten oder Geißler, zu deren Praktik die öffentliche Selbstgeißelung gehörte, um auf diese Weise Buße zu tun und sich von begangenen Sünden zu reinigen (vgl. http://de.wikipedia.org/wiki/Flagellanten, S. 1). Es ging dabei um eine Transformation des Selbst, um eine Pädagogik der Existenz. Im Gegensatz zur Stoa, die die Leidenschaftslosigkeit als Ideal hatte, verwandelte sich die Disziplin bei den frühen Mönchen in ein agonales, d.h. wettkampfmäßiges Konzept zur Bekämpfung böser Leidenschaften. Der Mensch wollte sich mittels der asketischen Übungen über seine Grenzen hinausheben. Es sollte eine Vergegenwärtigung werden, die symbolische Ähnlichkeit und geschichtlichen Bezüge durchbrochen und eine reale Unmittelbarkeit zum leidenden Gott hergestellt werden. Die Flagellation war somit nicht nur ein Bußritual, sondern Teil eines eschatologischen Schauspiels, das auf die Verkörperung der Leiden Christi abzielte. Auf der anderen Seite wurde der sich Geißelnde zum geistigen Athleten, der sich langsam steigernd zu Höchstleistungen anspornte. Es kam zu einer leistungsorientierten Quantifizierung der Geißelung, die die Bußübungen zu dominieren begann und den Körper mit Blick auf das Heil instrumentalisierte (vgl. http://de.wikipedia.org/wiki/Flagellanten, S. 2). Nach dem Verbot der öffentlichen Selbstgeißelung zog man sich vor allem in Italien ins Private zurück und gründete Gemeinschaften, bei denen neben der Selbstgeißelung das Gebet, der Gesang und die Wohltätigkeit im Vordergrund standen (vgl. http://de.wikipedia.org/wiki/Flagellanten, S. 6).

Neben den Flagellanten gab es auch die Sekte der Kryptoflagellanten, die hauptsächlich in Thüringen bestand. Ihre Mitglieder wollten mit der Flagellation das kirchliche Monopol der Heilsvermittlung ersetzen. Anstelle der kirchlichen Hierarchie stand bei ihnen die pneumatische, asketischenthusiastische Gemeinschaft im Vordergrund. Ihrer Auffassung nach sei seit den Geißlerumzügen die Bluttaufe an die Stelle der Wassertaufe getreten und habe alle Sakramente abgelöst. Zudem könnten nur durch die Selbstgeißelung Sünden gebüßt werden (vgl. http://de.wikipedia.org/wiki/Flagellanten, S. 6 f.).

Aus all dem ergibt sich, dass nach Ansicht von Menschen in früheren Jahrhunderten neben anderen auch der Gedanke der Buße und Reinigung mittels Geißelung zu einem höheren Bewusstsein, das je nach religiöser Prägung der Menschen auch Zugang zu Gott genannt wurde, führen konnte. Die im Sadomasochismus ausgeübte Praxis der Flagellation oder, moderner ausgedrückt, des Spankings entspricht der Vorgehensweise der Flagellation. Als einziger Unterschied ist die in der Regel übliche Praxis der Züchtigung durch eine dominante Person getreten. Da sich die mittelalterlichen Flagellanten einen direkten Zugang zu Gott erhofft hatten, könnte man vermuten, dass masochistische Personen ebenfalls über ihre Grenzen hinausgehen, zu Höchstleistungen angespornt werden und zudem Zugang zum Göttlichen oder Spirituellen bekommen. Diese Einschätzung könnte dadurch gestützt werden, dass die in der ,normalen' Welt bestehende Persönlichkeit von Masochisten während der Behandlung durch ihre Herrschaft gegen Null gesenkt wird, die Person daher bedeutungslos wird. Diese Stellung entspricht aber letztlich der Position des Menschen in der Natur und gegenüber der Zeit: Ohne Hilfsmittel könnten gerade wir modernen Menschen nicht mehr oder zumindest nur sehr schwerlich in der Natur überleben und all unsere Handlungen und Probleme verblassen vor einer Welt, deren Entwicklungsstränge in tausenden, erdgeschichtlich sogar bestenfalls in hunderttausenden von Jahren rechnet. Durch die Demut gegenüber einer Herrschaft wird einem Masochisten klar, wie unbedeutend er schon in einem kleinen Rahmen der Privatsphäre ist. Durch das Erlernen von Demut gegenüber der Herrschaft kann sich eine Demut und Ehrfurcht gegenüber der Welt und ihren Abläufen entwickeln, die das Handeln des Masochisten positiv im Sinne eines respektvollen Umganges mit allen Lebewesen dieser Erde und gegenüber den Abläufen und Zusammenhängen in der Natur entwickeln. So, wie der Masochist durch Schläge oder andere Strafen für ein Fehlverhalten büßt, werden wir Menschen für unser verantwortungsloses Handeln gegenüber der Natur von ebendieser Natur bestraft, z.B. durch Klimaveränderungen wegen des verschwenderischen Einsatzes von schädlichen Chemikalien, Überschwemmungen als Folge von Flussbegradigungen, der Anlage von Siedlungen in Überschwemmungsgebieten usw.

Folgt man der Sichtweise der Flagellanten, scheint zunächst klar zu sein, dass Masochisten durchaus mittels Ausleben ihrer Neigung ein höheres Bewusstsein erlangen können. Aber was ist mit den dominanten Personen, die zum Sadomasochismus dazugehören? Sie führen zwar die Peitsche, aber wegen der fehlenden Geißelung ihres eigenen Körpers müsste ihnen, folgt man den Geißlern, die Erfahrung der devoten Personen versagt bleiben. Zudem stellt sich die Frage, was mit den übrigen sadomasochistischen Praktiken wie Klammern, Wachs usw. ist: Die Flagellanten oder Geißler benutzten Peitschen für ihre Selbstkasteiung, während ihnen die Anwendung anderer Hilfsmittel fremd war. Könnte die Anwendung von modernen Spielzeugen das Erlangen eines höheren Bewusstseins beeinträchtigen?

Die Selbstkasteiung der frühen Flagellanten hatte das Zufügen von Schmerzen zum Ziel und stellt eine Bußübung dar. Die im Sadomasochismus zur Verfügung stehenden Instrumente und Materialien dürften wesentlich umfangreicher sein als das, was den damaligen Büßern nicht zuletzt wegen ihrer begrenzten finanziellen Möglichkeiten zur Verfügung gestanden hat. Falls also in früheren Jahrhunderten durch Schmerzen für Sünden gebüßt werden konnte, kann das nach meinem Dafürhalten auch heute noch erfolgen. Dabei ist es meines Erachtens weniger von Bedeutung, auf welche Weise der Schmerz entsteht, sondern das ‚Warum' steht im Vordergrund. Aufgrund der gewachsenen Möglichkeiten, insbesondere mit Blick auf die finanziellen Möglichkeiten der heutigen Generationen, aber auch aus hygienischer Sicht, sehe ich keine stichhaltigen Einwände, die grundsätzlich gegen den Einsatz der heute verfügbaren Spielzeuge sprechen könnten.

Damit lässt sich als Zwischenfazit sagen, dass gemäß den Vorstellungen der mittelalterlichen Flagellanten der heutige Sadomasochismus für masochistische Personen zu einer spirituellen Erweiterung des Bewusstseins führen könnte. Aber was ist mit den dominanten Personen?

Eine dominante Person kontrolliert die Handlungen und das Verhalten eines Masochisten. Sie muss entscheiden, ob sein Verhalten angemessen oder unangemessen ist und gegebenenfalls eine im Verhältnis zum Vergehen stehende angemessene Strafe verhängen und verwirklichen. Die dominante Person hat also dafür Sorge zu tragen, dass der Masochist in seiner Rolle als unbedeutender Mensch aufgeht. Eine solche Funktion kann eine dominante Person jedoch nur dann übernehmen, wenn sie die Unterwürfigkeit und Demut zuvor selber kennen gelernt hat. Nur dann kann sie auf der Basis ihres eigenen Wissens die gewonnenen Erkenntnisse weitergeben und den Masochisten zur Erfüllung seiner Wünsche und Träume führen. Vielleicht ist das der Grund, warum viele professionelle Dominas in den Anfängen ihrer beruflichen Tätigkeit als Zofe gearbeitet haben. Wegen ihrer Entscheidungsbefugnis über richtiges oder falsches Verhalten kommt der dominanten Person nach meinem Dafürhalten jedoch ein noch viel größeres Bewusstsein zu, da sie neben ihrer Entscheidungsbefugnis auch angemessen agieren und daher zahlreichen Verführungen widerstehen muss: Ein Machtmissbrauch würde zwar das Leiden des Masochisten erhöhen, aber es steht zu vermuten, dass beim Überschreiten seiner Leidensgrenzen der spirituelle Erkenntnisgewinn entschwinden und anderen Gefühlen wie Schmerz, Wut und Hass Platz machen würde, was unerwünscht sein sollte.

Neben der psychologischen Verantwortung für das Wohlergehen des Masochisten obliegt der dominanten Person natürlich auch der Erhalt von dessen Gesundheit. Auch insoweit muss die dominante Person die Demut vor der Natur und den Lebewesen inklusive des Menschen kennen gelernt haben und über ein entsprechend höher entwickeltes Bewusstsein verfügen. Diese zugegeben subjektive Einschätzung ist jedoch in der wissenschaftlichen Diskussion unerheblich. Dort sind, wie oben dargestellt, sieben Faktoren als Ausdrucksformen der Spiritualität ausdifferenziert worden. Der Sadomasochismus könnte demnach ein spiritueller Weg sein, wenn er diese Faktoren umsetzt bzw. berücksichtigt. Ob es daneben noch andere Wege zur Spiritualität oder zu einem höheren Bewusstsein gibt, kann nicht ausgeschlossen werden. Betrachten wir aber die Faktoren im Bezug auf den Sadomasochismus im Einzelnen:

1. Gebet, Gottvertrauen und Geborgenheit: Gebete kommen meines Wissens nur dann im Sadomasochismus vor, wenn ein Masochist seiner Herrschaft in dieser Form huldigen soll. Das dürfte in dieser Form jedoch eher selten sein. Das Gottvertrauen vermag ich ebenfalls nicht zu erkennen: Die freiwillige Auslieferung unter die Peitsche der Herrschaft setzt vielmehr ein großes Vertrauen in die Herrschaft, also einen Mitmenschen, voraus. Allerdings könnte man ein solches Vertrauen in einen anderen Menschen auch als wagemutig und damit als Gottvertrauen bezeichnen. Geborgenheit ist hingegen ein wichtiger Aspekt im Sadomasochismus: Nur wenn sich der Masochist bei seiner Herrschaft geborgen und damit

verstanden und sicher fühlt, wird er sich seiner Leidenschaft vollständig hingeben können.

2. Erkenntnis, Weisheit und Einsicht: Diese drei Inhalte sind meines Erachtens wichtige Bestandteile bei sadomasochistischen Aktivitäten: Sie beinhalten, dass nicht alles, was machbar ist, gemacht werden sollte oder gemacht werden darf, und der Masochist durch die Verweigerung der Umsetzung von Wünschen manchmal vor sich selber geschützt werden muss. Dazu sind Kenntnisse über biologische Zusammenhänge ebenso erforderlich wie das Wissen über die körperlichen, psychischen und seelischen Folgen von Handlungen.

3. Transzendenz-Überzeugung: Transzendenz ist das jenseits der Erfahrung bzw. des Gegenständlichen Liegende, das Jenseits (vgl. Wissenschaftlicher Rat der Dudenredaktion (Hg.): Duden, Bd. 5: Das Fremdwörterbuch. Mannheim, Wien, Zürich 1982, S. 773). Hier muss nach meinem Dafürhalten jeder Akteur im Sadomasochismus für sich entscheiden, ob er an ein Jenseits glaubt, unabhängig davon, ob dieses Jenseits in seinem Inneren liegt oder erst nach seinem Tod erreicht werden kann, also ein Jenseits im kirchlichen Sinne existiert. Gleiches gilt für die Frage nach der Existenz eines transzendentalen Zentrums.

4. Mitgefühl, Großzügigkeit und Toleranz: Im Gegensatz zur Großzügigkeit, für den der Bezug zum Sadomasochismus nur sehr schwer herzustellen scheint, fällt es bei den beiden anderen Begriffen wesentlich leichter. Jeder Masochist, wird die Leiden eines anderen Masochisten bei oder nach dessen Be-

strafung aufgrund seiner eigenen Erlebnisse und Erfahrungen nachvollziehen und dementsprechend Verständnis und Mitgefühl für dessen Leiden aufbringen können. Die Toleranz ist für die wahren Anhänger des Sadomasochismus selbstverständlich, denn aufgrund ihrer eigenen, von der Gesellschaft kritisch beäugten Andersartigkeit fällt es ihnen leichter, andere ebenfalls vom Normalen abweichende Lebenseinstellungen und die dazugehörenden Menschen zu akzeptieren.

5. Bewusster Umgang mit anderen, sich selbst und der Umwelt: Die Entscheidung, sich den strengen Strafen einer Herrschaft auszuliefern bzw. andere seine eigenen Strafvorstellungen tatsächlich fühlen zu lassen, kann nur im vollen Bewusstsein der Folgen und der Risiken getroffen werden. Entscheidend ist, dass sowohl die Herrschaft als auch der Masochist die sadomasochistischen Handlungen bewusst erlebt und in vollem Umfange genießt. Jede Form von (echtem) Zwang würde die Illusion des Augenblicks und vor allem das Vertrauen in einen nahe stehenden Menschen zerstören. Zudem würde ein temporärer Verlust des Genusses entstehen, der möglicherweise mit einer zukünftigen Verweigerung weiterer Spiele einhergehen kann, was zu einem denkbaren Verzicht auf sexuelle Erfüllung sowie der Möglichkeit einer Bewusstseinserweiterung führen kann.

6. Ehrfurcht und Dankbarkeit: Beide, Masochist und Herrschaft, benötigen bei sadomasochistischen Spielen eine gewisse Ehrfurcht voreinander und gegenseitige Dankbarkeit füreinander, auch wenn diese bei der Umsetzung, also ‚im

Spiel', nicht explizit zum Ausdruck kommt. Der Masochist kann seiner Herrschaft für das Einlassen auf sein Faible dankbar sein und sollte zugleich Ehrfurcht vor seiner verantwortungsbewussten Durchführung haben. Die Herrschaft wiederum sollte zum einen dafür dankbar sein, dass sich ihr jemand ganz im Sinne ihres Faibles ausliefert, zum anderen sollte sie Ehrfurcht vor dem Mut und dem Vertrauen des Masochisten in ihr Verantwortungsbewusstsein haben.

7. Gleichmut und Meditation: Gelassenheit und Selbstbeherrschung werden bei sadomasochistischen Spielen sowohl von der Herrschaft als auch vom Masochisten erwartet, weil anderenfalls die schmerzhaften Strafen nicht vollzogen werden können. Die Meditation hingegen als Nachdenken oder sinnende Betrachtung ist ebenfalls unverzichtbar, weil das eigene Handeln ständig hinterfragt werden sollte. Aber auch, wenn man die Meditation als eine geistig-religiöse Übung, die zur Erfahrung des Selbst führen soll, betrachtet, gehört sie zum Sadomasochismus dazu, weil sich durch die entsprechenden Handlungen jeder Akteur so geben kann, wie er tief in seinem Inneren tatsächlich strukturiert ist, während er in der ‚normalen' Welt seine Einstellungen oftmals verbergen und sich damit verstellen muss.

Der Sadomasochismus stellt also sowohl für den Masochisten als auch für die Herrschaft eine Möglichkeit dar, neue und innerhalb der von der ‚normalen' Welt vorgegebenen Rahmenbedingungen undenkbare Erfahrungen zu sammeln, die zunächst körperlicher oder, als Folge von verbalen Erniedrigungen und Demütigungen, psychisch-seelischer Natur sind. Eine Begrenzung des Sadomasochismus auf das Zufügen oder Erdulden von körperlichen und/oder psychischen Schmerzen greift jedoch zu kurz, denn durch das Gefühl der Abweichung von der Norm und damit der Andersartigkeit wird eine unsichtbare Grenze überschritten, die das Verstehen und Verständnis für andere Lebenseinstellungen und Verhaltensweisen fördert. Wenn also ‚Spiritualität' eine nach Sinn und Bedeutung suchende Lebenseinstellung bezeichnet, bei der der Suchende eine Verbundenheit mit anderen, der Natur, dem Göttlichen usw. spürt, scheint der Sadomasochismus ein Weg zu diesem Verständnis zu sein. Das oben erwähnte ‚Zentrum', welches als Ziel der Transzendenz bezeichnet wurde, könnte dann ‚Toleranz' und ‚friedliche Koexistenz' sein, auf deren Boden der Sadomasochismus selber am besten gedeihen kann.

Daraus folgt meines Erachtens, dass der Sadomasochismus tatsächlich zu einem höheren Bewusstsein führen kann. Allerdings ist die dafür erforderliche Anstrengung und Überwindung bei den dominanten Personen zwecks Vermeidung einer Überforderung der Masochisten immens. Es steht zu bezweifeln, dass ausnahmslos alle, die sich dem Sadomasochismus hingeben, die Voraussetzungen erfüllen und tatsächlich ihren geistig-spirituellen Horizont erweitern werden. Grundsätzlich scheint es aber für alle möglich zu sein, sodass es letztlich auf das Verhalten des Einzelnen ankommt. Es wäre der Menschheit und der Natur zu wünschen, dass sich ein höheres Bewusstsein verbreitet, denn so, wie jeder einzelne von uns ein kleiner Bestandteil des Staates ist, sind wir alle winzige Bestandteile dieser Erde. Wenn der Sadomasochismus dazu beitragen kann, wird das sicher vielen ,Normalos' angesichts ihrer Klischees wie eine Ironie erscheinen, aber schon oft hat die Zukunft gezeigt, dass sich die Zeitgenossen in ihren Mitmenschen geirrt haben.

Die moralische Überlegenheit

Wahrscheinlich wird seit Anbeginn der Menschheit darüber diskutiert, was Moral eigentlich ist und, mehr noch, wann menschliches Handeln moralisch und wann es unmoralisch ist. Zwar gibt es eine ganze Reihe von Listen mit Ge- und Verboten(1), die als Richtschnur dienen können, aber es wurde nie wirklich nach ihnen gelebt. Vielmehr haben interessierte Kreise immer wieder Gründe und Argumente gefunden, mit denen sie einen Bruch der Ge- und Verbote gerechtfertigt haben. Der Erfolg bei ihren Mitmenschen, die das geduldet und oftmals sogar tatkräftig unterstützt haben, gibt ihnen recht, so dass all diese Weisungen lediglich ein Ideal darstellen, das es zu erreichen gilt. Das Ziel liegt also offensichtlich im Streben nach dem Erreichen dieser hehren Ziele, so dass der Konfuzius zugeschriebene Satz ‚Der Weg ist das Ziel'(2) damit wohl seine Bestätigung findet.

Während es im gesellschaftlichen Verhalten beinahe zeitlose Gebote für ein gutes Verhalten wie beispielsweise den Grundsatz ‚Du sollst nicht töten' gibt, ist im sexuellen Bereich kein entsprechender und schon gar kein zeitloser Kodex bekannt. Vielmehr haben sich im Laufe der Jahrhunderte die Meinungen und gesellschaftlichen Einstellungen zur Sexualität oftmals geändert, wobei die jeweils vorherrschende Religion eine nicht unwesentliche Rolle gespielt hat. Aus den gerade vorherrschenden Meinungen und Ansichten entwickelte sich ein Moralkodex, aus dessen strikter Einhaltung die Menschen das Gefühl von moralischer Überlegenheit gegenüber anderen Einstellungen abgeleitet haben. Dieser Ablauf hat sich bis heute erhalten, so dass eine Vielzahl der heute Lebenden ihre moralische Ansicht von der vorherrschenden Hauptströmung abhängig macht. Dabei ist es für manche Angehörigen dieser Morallehren unerheblich, ob sie diese nur dem äußeren Schein nach einhalten oder tatsächlich buchstabengetreu erfüllen.

Nachdem der Sadomasochismus lange Zeit ein regelrechtes Schmuddeldasein geführt hat, hat vor vielen Jahren ein privater Fernsehsender mit der Serie ‚Liebe Sünde' und dessen Nachfolgesendung ‚Wahre Liebe' dafür gesorgt, dass SM sein Schmuddelimage ablegen und zeitweise beinahe zu einem Modetrend werden konnte. Die Anhänger/innen der ‚reinen' Vanilla-Moral haben sich diesem Trend jedoch verschlossen und betrachten ihn auch heute noch voll Misstrauen und Ablehnung. Aber auch in ‚aufgeklärten' Kreisen kann man heute, nach dem Verebben der ‚SM-Modewelle', als Reaktion auf ein Bekenntnis zum SM neben Hohn und Spott auch Entsetzen und eher selten Zustimmung ernten. Diesen unterschiedlichen Reaktionen dürfte oftmals der gleiche Beweggrund zu Grunde liegen, nämlich das Gefühl eines Menschen, mit seiner Einstellung und Vorliebe für Vanilla-Sex den SM-Anhängern moralisch weit überlegen zu sein. Aber ist das wirklich so? Woraus leiten Vanillas eine höhere moralische Einstufung als SM'ler ab?

Unstrittig dürfte sein, dass die Freunde des Vanilla-Sex genauso oft auf Partnersuche sind wie SM-Anhänger. Statistiken zu Seitensprüngen werden immer wieder gerne veröffentlicht, sogar von Tageszeitungen, aber mehr noch von der Boulevardpresse. Damit dürfte sich hieraus keine moralische Überlegenheit ergeben, vielmehr würde ich von einem diesbezüglichen Unentschieden sprechen wollen.

Vielleicht ergibt sich aber aus der Sexpraktik eine moralische Überlegenheit. Grundsätzlich dient die Praktizierung von Sex der Befriedigung natürlicher Bedürfnisse, während die Art und Weise der Ausübung der Steigerung des Lustgefühls und damit letztlich der Qualität der Lustbefriedigung dient. Da die Anwendung von SM-Praktiken ebenso wie der Vanilla-Beischlaf nur im gegenseitigen Einvernehmen erfolgt und in beiden Varianten nichts gegen den Willen einer der beteiligten Person geschieht, ergibt sich hieraus keine moralische Über- oder Unterlegenheit von einer der beiden sexuellen Varianten. Damit endet auch dieser Vergleich mit einem Unentschieden.

Da also sowohl die Partnersuche und Beziehungstreue wie auch das Ziel der sexuellen Praktik keine Anhaltspunkte für die moralische Überlegenheit des Vanilla-Sex liefern, muss das Gefühl der moralischen Überlegenheit eine andere Ursache haben.

Anhänger des Vanilla-Sex führen immer wieder gerne an, dass ihr sexuelles Verhalten von Fachleuten als ‚normal' angesehen wird, während die gleichen Fachleute das Praktizieren von SM als ‚pervers', ‚unnormal' oder ‚krank' einstufen würden. Die Frage, ob SM-Anhänger tatsächlich pervers sind oder unter einer Paraphilie leiden, habe ich bereits in einem früheren Artikel verneint, sofern alle Handlungen mit dem Einverständnis aller Beteiligten erfolgen(3). Auf eine Wiederholung der Prüfung, die mich zu diesem Ergebnis gebracht hat, wird an dieser Stelle verzichtet, weil die Ausführungen zu weit von der hier behandelten Frage wegführen würden. Auf Grund des Ergebnisses der früheren Prüfung liegt jedoch keine Perversion vor, so dass es auch insoweit keinen Grund für ein Überlegenheitsgefühl der einen oder der anderen sexuellen Variante gibt. Damit endet auch dieser Vergleich mit einem Unentschieden, so dass es bislang für keine der beiden Sexpraktiken einen Vorteil gibt.

Da die ‚praktische' Seite keine Unterschiede aufzeigen konnte, stellt sich nun in Ermangelung von weiteren praktischen Untersuchungsbereichen die Frage nach der moralischen Über- oder Unterlegenheit einer der beiden Sexpraktiken im theoretischen Bereich. Hierunter wird das von der Wahrscheinlichkeit des realen Eintritts eines Traumes losgelöste Wunschdenken verstanden, wobei der fiktive Eintritt als rein hypothetische Annahme für real erklärt wird. Wovon träumen also Vanillas und SM'ler?

Jeder Mensch gleich welcher sexuellen Präferenz träumt davon, mindestens einmal im Leben einem ‚Volltreffer' zu begegnen. Als ‚Volltreffer' wird umgangssprachlich ein Sexualpartner bezeichnet, dessen Wünsche und Begierden mit den eigenen Begehrlichkeiten vollständig übereinstimmen. Eine solche Person wird auch gerne als ideale Person für eine Partnerschaft bis hin zur Ehe angesehen. Die Wahrscheinlichkeit, einem solchen ‚Volltreffer' zu begegnen, ist angesichts der komplexen menschlichen Persönlichkeit und ihrer Verhaltensweisen extrem gering, weshalb die Partnersuchenden im Laufe der Zeit Abstriche bei ihrem Anforderungsprofil vornehmen. Die sich daraus ergebende und als ‚Traumfrau' oder ‚Traummann' bezeichnete Person ist demnach ein ‚Volltreffer light'.

In dem hier verwendeten Sinne ist ein ‚Volltreffer' jedoch nicht das Ziel einer Partnerschaftssuche, sondern bezeichnet eine Person, mit der alle sexuellen Wünsche ‚wild und hemmungslos' ausgelebt werden können. Allerdings ist für Vanillas die vollständige Kompatibilität der sexuellen Wünsche und Leidenschaften nicht das alleinige Merkmal eines ‚Volltreffers': Dazu wird eine Person nur dann, wenn vier weitere Voraussetzungen erfüllt und akzeptiert werden, nämlich:

1. keine Fragen,
2. keine Verantwortung,
3. keine Verpflichtungen und
4. keine Schuldgefühle.

Aus diesen Voraussetzungen, die überwiegend von Männern formuliert werden, ergibt sich die Schwierigkeit, einem ‚Volltreffer' zu begegnen, denn selbstverständlich hat dieser dem Anforderungsprofil kostenlos zu entsprechen. Eine Dienstleisterin im horizontalen Gewerbe würde daher zwar dem Profil entsprechen, aber wegen der kommerziellen Ausrichtung beim Ausleben des Traumes keinen ‚Volltreffer' darstellen.

Während sich SM'ler sicher mit den Punkten 1, 3 und 4 anfreunden könnten, träumen Vanillas von einem Sexualpartner/einer Sexualpartnerin, bei der alle vier Punkte erfüllt sind, damit er oder sie als ‚Volltreffer' gelten kann. Gerade der Punkt 2 ist jedoch für die Freunde des SM sehr heikel, weil sich der aktive Teil immer seiner Verantwortung für die körperliche und geistige Gesundheit des masochistischen Teils bewusst sein und dieser gerecht werden muss. Eine Ausnahme von dieser Regel darf es nicht geben, weil die Gesundheit das höchste Gut eines Menschen ist, das auch nicht für ein besonderes sexuelles Erlebnis riskiert werden darf. Beim Vanilla-Sex besteht die Gefahr der körperlichen Beeinträchtigung ‚nur' in einer ungewollten Schwangerschaft des weiblichen Teils oder in der Übertragung einer Geschlechtskrankheit. Dagegen kann man zahlreiche Vorsichtsmaßnahmen wie zum Beispiel die Einnahme der Antibabypille, das Aufziehen eines Kondoms usw. ergreifen, so dass man sich anschließend unbeschwert der Lust hingeben kann. Beim Praktizieren des SM gelten die gleichen Gefahren, allerdings muss hier der aktive Teil zusätzlich in jeder Minute der Session vollkommen konzentriert sein, weil beispielsweise schon ein einziger falsch platzierter Rohrstockhieb zu schweren Verletzungen führen kann. Eine vorbeugende Sicherheitsmaßnahme, die einen mit an Sicherheit grenzender Wahrscheinlichkeit bietenden Schutz gewährleistet wie dies zum Beispiel die Maßnahmen zur Schwangerschaftsverhütung zusichern, gibt es beim SM nicht. Deshalb haben gerade aktive SM'ler eine viel höhere Verantwortung als die Sexualpartner im Vanilla-Bereich. Die Definition eines SM-Volltreffers muss sich daher in diesem Punkt gravierend von der eines Vanilla-Anhängers unterscheiden.

Angesichts dieses Unterschiedes wird deutlich, dass das Verantwortungsbewusstsein bei den Anhängern des SM stärker ausgeprägt und bei allen Aktivitäten jederzeit präsent sein muss. Das Übernehmen und die Wahrnehmung von Verantwortung werden allgemein als sehr positive Eigenschaften angesehen. Daneben gilt Verantwortung zudem als ein Kriterium für moralisches Verhalten. Daraus könnte man schließen, dass SM'ler den Vanillas im theoretischen Bereich bezüglich des Wunschdenkens moralisch überlegen seien. Vor diesem Hintergrund und unter Einbeziehung der bereits vorher erzielten Zwischenergebnisse im ‚praktischen' Bereich wäre die Frage, ob Vanilla- oder SM-Sex der jeweils anderen Variante moralisch überlegen sei, zu Gunsten des SM zu beantworten.

Allerdings basiert diese Annahme auf der oben erwähnten rein hypothetischen Annahme des realen Zusammentreffens eines Sexualpartners mit seinem jeweiligen Volltreffer. Die Wahrscheinlichkeit für den Eintritt eines solchen Ereignisses tendiert aber, wie ebenfalls bereits erwähnt wurde, gegen Null. Es erscheint daher höchst fragwürdig, die Frage nach der moralischen Überlegenheit einer sexuellen Präferenz von der Bewertung des Eintritts eines real höchst unwahrscheinlichen

Ereignisses abhängig zu machen. Als Ergebnis bleibt daher wohl nur die Feststellung, dass sich die beiden hier betrachteten sexuellen Präferenzen zwar in der Form ihrer praktischen Ausübung gravierend voneinander unterscheiden, bezüglich der moralischen Bewertung aber ebenbürtig sind. Das bedeutet, dass keine der beiden Praktiken der jeweils anderen Ausführung überlegen ist und es somit keinen Grund gibt, über die Vertreter der jeweils anderen Liebesweise die Nase zu rümpfen oder sich moralisch überlegen zu fühlen. Leider steht zu befürchten, dass viele Menschen die moralische Bewertung nach ihrem von den gesellschaftlichen Konventionen geprägten Gefühl und nicht anhand von logischen Argumenten vornehmen. Es dürfte daher noch eine Weile dauern, bis die Vorurteile beseitigt werden können und ein wertfreies Nebeneinander von SM und Vanilla-Sex bestehen kann. Vielleicht gelingt es auch nie.

Anmerkungen

1 Als Beispiele für Listen mit Weisungen mögen genügen: Die zehn Geboten der Bibel, die zehn Gebote des buddhistischen Mönchs, der Inhalt der Bergpredigt, die Pflichten der Muslime, der kategorische Imperativ von Immanuel Kant, die zehn Gebote der Papuas. Die Aufzählung erfolgt nach: Rudolf Bentsch/Werner Trutwin: Philosophisches Kolleg, Heft 3: Ethik. 9. Auflage, Düsseldorf 1985, S. 19-24.

2 Konfuzius (geb. 551 vor der Zeit, gest. 479 vor der Zeit), hier zitiert nach: www.zitate-online.de.

3 Vgl. Andy Daring: Perversion oder Normaliät? (In diesem Band enthalten.)

SM-Studios im Spiegel der Zeit

Mit Beginn der Pubertät ist sicher nicht nur bei mir das Interesse an allem, was mit Sexualität zu tun hat, gewachsen. Wahrscheinlich kennt jede/r die in der Schule oder im Freundeskreis aus unbekannten Quellen auftauchenden Hefte, die heimlich ausgetauscht wurden, sowie die ‚Fachgespräche' und die ersten Erfahrungsaustausche. Dabei hörte man schon vor nunmehr über dreißig Jahren hin und wieder gerüchteweise von ‚strengen' Praktiken, aber wirkliche Informationen gab es darüber nicht. Man konnte nur gelegentlich in den Aufklärungsrubriken einzelner Magazine lesen, dass es sich dabei um Praktiken mit dem Rohrstock handele. Dieses ‚Angebot' werde nicht offen gemacht, hieß es dann weiter, sondern man müsse den entsprechenden ‚Code' beherrschen. Wie dieser konkret lautete, sagten die meisten Texte nicht, lediglich einige ganz verwegene Redakteure erklärten beinahe verschwörerisch, dass man im Bordell nach ‚strenger Erziehung' fragen müsse und dann eventuell Zugang erhalte, wenn man als ‚vertrauenswürdig' eingestuft werde.

Mit dem Erreichen der Volljährigkeit zog es mich in die Erotik-Fachgeschäfte, denn dort konnte ich mein Wissensspektrum zum Thema Sex rasch erweitern, lediglich die knappen Finanzmittel setzten enge Grenzen. In allen Geschäften gab es mindestens ein größeres Regal, in dem sich SM-Literatur sowie Hefte über Spanking, das man damals noch Flagellantismus nannte, befanden. In den SM-Heften wurden die Praktiken und Aktivitäten sehr anschaulich beschrieben und durch eine Vielzahl von Fotos untermalt. Oftmals drängte sich der Eindruck auf, dass die Texte lediglich die Bilder verbinden sollten. Dennoch oder vielleicht auch gerade deshalb übten die SM-Hefte eine ungeheure Faszination auf mich aus, so dass ich mich mit dem Thema näher beschäftigt habe.

Nachdem ich einige Zeit mit dem Lesen von SM-Heften zugebracht hatte, verspürte ich den Wunsch, das Gelesene auch real zu erleben. Schließlich erfüllte ich mir diesen Wunsch. Bei diesem ersten Besuch ist es nicht geblieben: Innerhalb der letzten achtundzwanzig Jahre habe ich, nicht zuletzt wegen mangelnder Gelegenheiten innerhalb der Beziehungen, immer wieder Studios aufgesucht, wobei sowohl die besuchten Etablissements als auch die aufgesuchten oder dort tätigen Dominas gewechselt haben. Bedingt durch biographische Ereignisse verteilen sich die Studios auf mehrere Städte, wobei der Schwerpunkt im Bereich Hannover/Braunschweig liegt.

Die Bildung eines Schwerpunktes zum Thema Studioerfahrungen ist für mich Anlass zu einer eigenen Rückschau gewesen. Bei diesem Rückblick auf meine eigenen Erfahrungen halte ich es für sinnvoll, das Erlebte in zwei Bereiche aufzuteilen: Zum einen werden die Studios und ihre Ausstattung betrachtet, während die Gunstgewerblerinnen den anderen Bereich der Betrachtung bilden.

1. Die Studios und ihre Einrichtung

Die Einrichtung der Studios in den SM-Heften der 1980er Jahre sah immer sehr vielversprechend aus und ließ die Phantasie schweben. Auffällig war, dass die meisten Adressen aus dem Ruhrgebiet oder aus Süddeutschland stammten. In der Region Hannover/Braunschweig sah das reale Angebot im gleichen Zeitraum nicht so überwältigend aus, aber dennoch gab es entsprechende Angebote.

Die Ausrüstung bestand in den preisgünstigen und ‚von normalen SM-Freunden' frequentierten Einrichtungen sowohl in Hannover als auch in Braunschweig oftmals aus mehreren Rohrstöcken und Peitschen, dazu einer Liege, einem Strafbock und ein Paar Handschellen. In manchen Studios war zudem noch ein Spiegel vorhanden, aber dessen Größe variierte ebenfalls. Mit ‚preisgünstigen Einrichtungen' sind solche gemeint, deren Preis bei rund 300 DM (das sind circa 150 Euro) pro Stunde gelegen hat. Natürlich gab es auch besser ausgestattete Studios, aber hier fingen die Preise bei 500 DM (= rund 250 Euro) pro Stunde an, wobei dieser Preis im Grunde nur das Einführungsgespräch sowie ein paar Rohrstock- oder Peitschenhiebe beinhaltet hat. Darüber hinausgehende Leistungen wurden extra berechnet, so dass für eine einstündige Session mit etwas SM-Flair schnell 500 Euro und mehr beisammen waren. Für mich waren solche Preise unermesslich hoch, so dass ich solche Einrichtungen nur selten aufsuchen konnte.

In den 1990er Jahren scheint sich die Entwicklung jedoch gespalten zu haben: Während die Ausstattung von zahlreichen Studios in meiner Region verbessert worden ist, wurde SM auch zunehmend Bestandteil der übrigen Gunstgewerblerinnen. Immer mehr Damen, die üblicherweise ‚normalen' Sex in all seinen Varianten (vaginal, oral, anal) angeboten haben, verfügten nun auch über ein gewisses Sortiment an Schlaginstrumenten, vorzugsweise Rohrstöcke, Peitschen und Paddle. Zwar konnte es in den 1990er Jahren noch gelegentlich vorkommen, dass sich eine solche Gunstgewerblerin von einer Kollegin einen Rohrstock für ein eher dem Spanking zuzurechnendem Spiel ausleihen musste, aber spätestens mit der Vergabe der Expo nach Hannover wurde dieses Manko offensichtlich behoben. Allerdings konnte es in den ‚normalen' Bordellen noch vorkommen, dass es keine Handschellen gab, von Möbeln wie einem simplen Strafbock oder gar einem Andreaskreuz ganz zu schweigen. Allerdings kann eine solche minimalistische Ausstattung auch heute noch angetroffen werden: Im Jahre 2010 waren Strafmöbel in zwei besuchten Einrichtungen, von denen eine sogar mit SM wirbt, nicht vorhanden.

In den ‚richtigen' SM-Studios ist hingegen ganz offensichtlich viel in die Ausrüstung investiert worden. Damit einher geht eine Ausweitung des Angebotes: In den 1980er Jahren und zum Teil auch noch zu Beginn der 1990er Jahre boten die SM-Studios neben einer ‚Verlies-Atmosphäre' eine Ausbildung zum oder die Haltung als ‚Fick-, Leck- und Toilettensklave' an.

Dementsprechend waren die in den Magazinen dargestellten Spiele abgestellt. In anderen Gegenden wurde zudem die Möglichkeit angeboten, ein sogenanntes ,Sklavenabzeichen' in Bronze, Silber oder Gold zu erwerben. Der Erwerb setzte natürlich eine entsprechende Anzahl von Studiobesuchen voraus, war also letztlich eine Marketingmaßnahme zur Kundenbindung. In meiner Region wurde der Erwerb eines solchen Abzeichens jedoch nicht angeboten, lediglich in einem Fall hätte eine Ausbildung zum ,Sexsklaven' erfolgen können. Dieses Angebot musste ich bedauerlicherweise aus Kostengründen ablehnen, weil das ,Übungsobjekt' eine Zofe gewesen wäre, so dass deren Dienste neben denen der Domina hätten bezahlt werden müssen. Da die ,Ausbildung' zudem auf mindestens fünf Studiobesuche ausgerichtet war, hätte die Angebotsannahme meine Möglichkeiten deutlich überstiegen.

Seit mindestens fünfzehn Jahren ist das Angebot in den ,richtigen', aber dennoch preiswerten SM-Studios (d.h. 150 bis 300 Euro pro Stunde) deutlich ausgeweitet worden: Von Klinik-Sex über Tierhaltung, Natursekt und Kaviar, Feminisierung, Adult Babies/Diaper Lover usw. ist die Palette des Angebotes erweitert worden. Jede dieser Varianten benötigt seine eigene Ausstattung, so dass gerade kleinere Studios diesbezügliche Probleme bekommen haben: Welches Adult Baby mag schon zwischen einem Andreaskreuz und einem Strafbock herumkrabbeln! Um dieses Problem zu lösen, hat sich ein Teil der Studios auf bestimmte Teile der Angebotspalette beschränkt. Daneben scheinen sich seit einiger Zeit aber auch die Gemeinschaftsstudios zu etablieren. Darin bieten mehrere Gunstgewerblerinnen mit unterschiedlicher Angebotspalette und den jeweils entsprechenden Räumlichkeiten ihre Dienste an. Oftmals ist auch eine als Zofe/Sklavin tätige Dame in dem Studio vorhanden, so dass auch die aktiven Personen sowohl die Sklavin als auch eine genehme Räumlichkeit buchen können.

Als Fazit meiner bisherigen Erfahrungen kann ich sagen, dass das Angebot vielfältiger geworden und deutlich ausgeweitet worden ist. Die Einrichtung der ‚preiswerten' Studios ist in der Regel diesem Angebot angepasst worden. Leider gibt es auch ‚Discount-SM', also ein SM-Angebot von Damen, die eigentlich zum Vanilla-Bereich gehören und gelegentlich im Bereich SM, was aber eher dem Spanking entspricht, tätig sind. Hier gibt es deutliche Defizite bei der Ausrüstung und damit bei der Befriedigung von SM-Wünschen, während Spankingfreunde wegen der geringen Anforderungen an die Möblierung wohl auf ihre Kosten kommen dürften.

2. Die Gunstgewerblerinnen

Die in den oben beschriebenen Einrichtungen tätigen Damen mussten mit den Möbeln und Geräten auskommen, die ihre jeweilige Einrichtung geboten hat oder noch bietet. Manche Domina verstand es, auch mit wenig Material eine erlebnisreiche Session anzubieten. Natürlich kommen diese nicht an die von einem Ferry Masters geprüften Studios heran, aber das ist nicht verwunderlich, weil Ferry (falls es ihn gegeben haben sollte und er nicht nur eine zu Marketingzwecken erfundene Kunstfigur war) natürlich die Studios mit dem gehobenen Ambiente geprüft hat.

Auf Grund meiner Erfahrungen sowohl mit Bordell- als auch mit Studiodominas komme ich zu dem Ergebnis, dass die Arbeitseinstellung gespalten war: Einige Bordelldominas sind deutlich erkennbar bemüht gewesen, die geäußerten SM-Träume Wirklichkeit werden zu lassen und dabei mit viel Einfallsreichtum die mangelnde Ausrüstung zu überspielen. Diesen Damen gebührt ein großes Lob! Andere hingegen haben sich da deutlich weniger Mühe gegeben. Es schien ihnen auch nichts ausgemacht zu haben, dass man ihnen ansah, wie wenig inspiriert sie tatsächlich gewesen sind. Manchmal erweckten sie sogar ganz unverhohlen den Eindruck, dass sie die SM-Session nur angenommen haben, weil gerade kein ‚normaler Vanilla-Kunde' in Sicht war, und sie die ‚SM-Session', die meistens eine Spanking-Session war, so schnell wie möglich hinter sich bringen wollten.

In den ‚richtigen' SM- oder Bizarr-Studios sah das alles schon wieder anders aus: Dort haben sich die Damen erfahrungsgemäß große Mühe gegeben, und die in bestimmten Situationen gezeigte Langeweile ist fester Bestandteil des Spiels gewesen. Da gewöhnlich auch die erforderliche Ausrüstung vorhanden war und damit die SM-eigene Atmosphäre erzeugt wurde, hat auch das Ambiente gestimmt. Leider gab und gibt es in dem einen oder anderen Studio noch Defizite in

116

der Ausrüstung, aber darauf wurde bislang immer in dem einer Session vorgelagerten Einführungsgespräch hingewiesen (manchmal auch auf die baldige Abhilfe, die aber in einem Fall bis heute nicht erkennbar ist).

Die Qualität der Arbeit einer aktiven Gunstgewerblerin ist natürlich in hohem Maße von den Vorstellungen des Kunden abhängig, von den Räumlichkeiten und der Ausstattung des Studios sowie von ihrer eigenen Kreativität. Es hat im Laufe der Jahre auf Grund von unmotivierten Dominas nur selten eine wenig gelungene Session gegeben. Fast alle Gunstgewerblerinnen haben ihre Arbeit sehr gut gemacht, und diejenigen, die mich nicht überzeugt hatten, könnten einen schlechten Tag gehabt haben, was sicher jedem in seinem Beruf schon passiert ist.

Bezüglich der Arbeitsinhalte scheinen, bedingt durch die oben genannte Vielfalt an SM-Varianten, die Anforderungen an die Gunstgewerblerinnen deutlich gestiegen zu sein: Während gerade in den 1980er Jahren das Verabreichen von Schlägen, gepaart mit Beschimpfungen, sowie der sexuelle Höhepunkt in irgendeiner Form im Vordergrund gestanden haben, wird seit vielen Jahren subtiler gearbeitet: Der sexuelle Höhepunkt ist nicht mehr unbedingt der Mittelpunkt (es sei denn, man will genau das), sondern der Weg dorthin ist das Ziel, also die Art und Weise, wie oder als was ein Sklave behandelt wird. Das Spiel scheint vielschichtiger geworden zu sein, aber nach meinem Eindruck haben sich die Damen darauf eingestellt. Auf Grund meiner Erfahrungen der letzten

Jahre scheint es sogar, dass fast alle Damen die sich aus der ‚neuen Vielfalt' ergebenden Möglichkeiten für ihre eigene Kreativität erkannt haben. Natürlich gibt es auch diesbezügliche Ausnahmen, aber die wird es wohl immer geben. Es bleibt eben jedem überlassen, aus der Angebotsvielfalt das passende Angebot auszuwählen.

3. Fazit

Nach meiner persönlichen Einschätzung auf Grund de rin vielen Jahren gesammelten Erfahrungen hat sich das professionelle SM-Angebot im Laufe von ungefähr drei Jahrzehnten von seinem Nischen-Dasein befreit. Es hat sich von einem geheimnisumwitterten Angebot mit speziellem Zugangscode für bestimmte, vertrauenswürdige Personen zu einem allgemeinen Angebot entwickelt. Daneben ist auch die Vielfalt der angebotenen Varianten deutlich gestiegen, was sich auf die Anforderungen an eine Domina, insbesondere im Bereich Kreativität, ausgewirkt hat. Hier hat der Wandel in den gesellschaftlichen Ansichten zum Thema Sexualität offensichtlich eine große Auswirkung gehabt.

Problematisch ist nach meinem Dafürhalten jedoch die Preispolitik, denn gerade die Hochpreispolitik in den gehobenen Studios, aber auch im SM-Niedrigpreissektor, dürfte auf manchen potenziellen Kunden abschreckend wirken, zumindest aber die Nachfrage verringern. Vielleicht hat aber genau diese Preispolitik zur Bildung eines nichtkommerziellen Sektors geführt, durch den SM weiteren Teilen der Gesellschaft bekannt geworden ist. Damit hätte innerhalb der letzten Jahrzehnte die gestiegene gesellschaftliche Toleranz zur Angebotsvielfalt im professionellen SM-Sektor beigetragen, während die Preispolitik der kommerziellen Angebote die Bildung eines nicht-kommerziellen Bereichs innerhalb der Gesellschaft begünstigt und damit zu einer weiteren Verschiebung der gesellschaftlichen Toleranzgrenze beigetragen hätte. Daraus ergeben sich wiederum neue Entwicklungsmöglichkeiten. Wer weiß: Vielleicht heißt in zwanzig Jahren ein neuer Schwerpunkt ‚Erfahrungen mit dem nicht-kommerziellen Sektor'. Schauen wir mal...

Art und Zweck von Tränen
bei sadomasochistischen Spielen

Jeder Mensch hat im Laufe seines Lebens mindestens einmal geweint. Die Gründe, die einen Menschen dazu bringen, sind vielfältig und müssen nicht zwangsläufig negativ sein. Natürlich fallen einem als Ursache für den Tränenfluss zunächst Verzweiflung, Trauer, Schmerz oder Angst ein, aber auch das Empfinden eines Glücksgefühls oder heftiges Lachen können trotz des von ihnen ausgehenden positiven Gefühls zum Weinen führen, obwohl beide Gründe das genaue Gegenteil von Trauer oder Angst darstellen. Des Weiteren können aber auch Zorn oder Scham der Grund für einen Weinkrampf sein.(1)

Es gibt also eine Vielzahl von Ursachen, die einen Menschen zum Weinen bringen können. Dabei lassen sich je nach Grund für das Weinen ‚positive Tränen' und ‚negative Tränen' unterscheiden. Trotz dieses Unterschiedes bei der Art der Tränen haben alle Weinanfälle eine Gemeinsamkeit: Es handelt sich in jedem Fall um einen sehr emotionalen Ausbruch. Angesichts der oben genannten Vielzahl an möglichen Ursachen wird aber auch deutlich, dass das Weinen an keine bestimmte Emotion gebunden ist.(2)

Bislang ist es umstritten, warum Menschen weinen. Von den beiden vorherrschenden Theorien geht die eine davon aus, dass das Weinen eine Form der Kommunikation und der sozialen Interaktion, also des Sozialverhaltens, darstellt. Die andere Theorie besagt, dass das Weinen eine Schutzreaktion des

Körpers und der Psyche ist, die dem Stress- und Spannungs-
abbau, mithin also der besseren Verarbeitung besonders emo-
tionaler Eindrücke, dient. Für beide Theorien gibt es gute Argumente, so dass die Diskussion noch nicht beendet ist.(3)

Auch im Rahmen von sadomasochistischen Spielen kommt
es vor, dass beim devoten Part Tränen fließen. Welche Funktion haben sie in diesem Bereich? Auf den ersten Blick würde
man sofort auf Schmerz, Verzweiflung, Angst oder Scham
schließen, eventuell auch auf eine Kombination dieser Ursachen. Aber trifft diese Vermutung zu oder gibt es auch noch
andere Gründe? Und welchem Zweck dienen sie während
einer SM-Sitzung? Nach den beiden oben genannten Theorien müssten die Tränen entweder dem Stress- und Span-
nungsabbau oder der Kommunikation dienen. Könnte es sogar sein, dass sie einem Glücksgefühl entspringen und dies
mit den Tränen gezeigt, vielleicht sogar kommuniziert werden
soll? Oder überwiegen Schmerz und Demütigung so stark,
dass kein Glücksgefühl entstehen kann? Mit anderen Worten:
Welche Art von Tränen kann beim SM fließen und welchem
Zweck dienen sie?

Will man sich dem Thema nähern, muss man sich zunächst
bewusst werden, dass sich die Betrachtung nur auf ,normale'
SM-Spiele beziehen kann, das heißt alle SM-Spiele finden auf
freiwilliger Basis im gegenseitigen Einvernehmen statt. Die
devote Person hat jederzeit die Möglichkeit, einen Abbruch
der Handlung zu verlangen; dieser Aufforderung ist unverzüg-
lich nachzukommen.

Aus dieser Freiwilligkeit folgt dann aber auch, dass niemand überredet oder gar gezwungen wird, an einem SM-Spiel teilzunehmen, wenn ihm das Unbehagen bereitet, oder eine Maßnahme zu wiederholen, wenn ihm die erste Ausführung partout nicht gefallen hat. Das bedeutet natürlich, dass sich sowohl der dominante als auch der devote Part immer wieder neu aus freien Stücken auf das ‚Erlebnis SM' einlassen müssen. Dieses Einlassen geschieht oft in dem Wissen, dass es unangenehme Situationen geben wird, denn das Wesen des SM basiert auf Schmerz, Erniedrigung und Demütigung. Vor diesem Hintergrund scheint es unwahrscheinlich zu sein, dass sich jemand freiwillig einer solchen Situation, in der ihn bekannterweise Verzweiflung oder ein Schamgefühl überwältigen könnte, ausliefert. Die möglicherweise fließenden Tränen können deshalb wohl nicht aus einem Schamgefühl resultieren. Eigentlich könnte vor dem hier skizzierten Hintergrund auch Verzweiflung als Ursache für Tränen ausgeschlossen werden, aber meines Erachtens sind diesbezügliche Zweifel angebracht, weil unter bestimmten Umständen trotz der Freiwilligkeit der Teilnahme am SM-Spiel und der Möglichkeit, mittels eines zuvor vereinbarten Codewortes die Aktion sofort beenden zu können, ihr Auftreten nicht völlig ausgeschlossen werden kann. Darauf wird später zurückzukommen sein. Insgesamt steht jedoch fest: Fließen beim SM Tränen, müssen diese eine andere Ursache als Scham haben. Womit sich die Frage nach den möglichen Gründen anschließt.

Bei der Suche nach Antworten liegt es zunächst auf der Hand, dass dem devoten Teil der körperliche Schmerz die Tränen in die Augen treibt, das Weinen also aus dem ‚Wehtun' resultieren kann. Weniger eindeutig und deshalb nur in jedem Einzelfall zu klären sein dürfte die sich daraus ergebende Frage, ob das Weinen wegen der Schmerzen zugleich ein Zeichen für ein ‚Zuviel' ist. Wird dies vom dominanten Teil auch ohne Fallen des zuvor vereinbarten Codewortes durch den devoten Part bejaht, sind die Aktion und die SM-Sitzung sofort zu beenden.

Möglicherweise fließen aber auch Tränen auf Grund der empfundenen Schmerzen, ohne dass die Aktion dem devoten Teil zuviel ist, er die Schmerzen vielleicht sogar genießt. In einem solchen Fall könnte vermutet werden, dass die Tränen neben den Schmerzen auch der Angst, dass die Bestrafung unterbrochen und erst nach einer mehr oder weniger langen Pause weitergehen oder gar komplett beendet werden könnte, entspringen. Ob diese Angst berechtigt oder unberechtigt ist, dürfte davon abhängen, wie der dominante Part die Tränen deutet: Ist er von dem Tränenfluss so beeindruckt, dass er die Sitzung auch ohne Fallen des oben erwähnten Codewortes und damit gegen den Willen des devoten Teils abbricht oder zumindest unterbricht, würde er genau das machen, wovor der devote Teil Angst hat. Möglicherweise kann die Vorgehensweise des dominanten Teils von den getroffenen Absprachen sowie von der körperlichen und mentalen Verfassung des devoten Teils abhängig gemacht werden. Sollte sich der dominante Part über die Ursachen der Tränen nicht ganz im Klaren sein, ist es unabdingbar, dass er beim devoten Teil nachfragt.

Neben diesen Folgen wird auch die Meinung vertreten, dass Schläge auf das Gesäß direkt ins Herz und ins Gehirn gehen und sich somit auf das Gemüt auswirken. Dadurch sollen sie nicht nur die sexuelle Erregung auslösen, sondern auch Glücksgefühle freisetzen, auf die jeder Mensch auf seine eigene, individuelle Art reagiert. Diese Reaktionen können sowohl das Empfinden von Lustgefühlen auslösen als auch Tränen.(4) Da sich der devote Teil in diesem Zusammenhang in einem Glücksgefühl befindet, liegt die Annahme, dass die fließenden Tränen als Zeichen des Glücks und somit als Freudentränen zu deuten sind, sehr nahe. Damit wäre zugleich bewiesen, dass Tränen auch positive Ursachen haben können und nicht ausschließlich negativ belegt sein müssen.

Eng mit den Freudentränen korrespondiert eine andere Art von ‚positiven Tränen': Wie schon oben angedeutet, genießen manche devoten Menschen eine sadomasochistische Sitzung geradezu, das heißt sie können sich dabei trotz der Schmerzen richtig fallen lassen und einen Zustand der Entspannung erreichen. In einem solchen Moment können Alltagssorgen und emotionale Stresszustände abfallen, wobei sich über die Funktion des Weinens eine Art Ventil öffnet und mittels der Tränen die belastenden Dinge aus dem Bewusstsein des devoten Teils beinahe im wörtlichen Sinne hinweggeschwemmt werden. Die Tränen sind dann ein Zeichen für das Loslassen und das Erreichen eines entspannten Zustandes. Allerdings muss der devote Part bereit sein, sich entsprechend fallen zu lassen und die Entspannung zuzulassen. Außerdem muss er sich darauf verlassen können, dass der dominante Teil ihn entsprechend auffängt. Gelingt das, schaffen die in einem solchen Moment fließenden Tränen einen Zustand der besonders innigen Vertrautheit, der noch verstärkt wird, wenn der dominante Teil über ein erhebliches Einfühlungsvermögen verfügt. Möglicherweise reicht es aber auch aus, wenn beide Seiten zuvor bereits ein besonders intensives Vertrauensverhältnis miteinander gepflegt haben.

Natürlich können Tränen auch das Gegenteil von Freudentränen sein. Sofern das Überschreiten von Grenzen abgesprochen und praktiziert worden sein sollte, könnte eine solche Grenzüberschreitung zum Tränenfluss führen. In diesem Fall dürfte es sich dann jedoch um Tränen der Verzweiflung handeln, weil sich die Wirkung des ‚Neulandes' anders als vermutet anfühlt. Damit wären die oben erwähnten ‚bestimmten Umstände' geschaffen, die nach meinem Dafürhalten einen Ausschluss der Verzweiflung als Ursache für einen Tränenfluss beim SM verhindert haben. Möglicherweise nährt sich die Verzweiflung aber auch aus dem Gefühl des Versagens, was wiederum Wut und Zorn auslösen könnte. Zwar können Tränen auch bei Einhaltung der abgesprochenen Grenzen fließen, vornehmlich dann, wenn der devote Teil sein Leidenspotenzial entweder überschätzt oder auf Grund eines temporär begrenzten Zustandes eingeschränkter körperlicher und/oder mentaler Leistungsfähigkeit nicht voll ausleben kann, aber dann dürfte der Anteil der Schmerzen an der Begründung über dem der Verzweiflung liegen, während beim Betreten von Neuland wegen des Gefühls des 'Versagens' eher eine umgekehrte Proportion angenommen werden sollte.

Eine weitere Ursache für Tränen beim devoten Teil wurde eben bereits angedeutet: Tränen können auch auf Zorn basieren. Dieses Weinen kann entstehen, wenn beispielsweise die Hoffnungen des devoten Teils über den Ablauf der Sitzung oder die Wirkung der vom dominanten Part ergriffenen Maßnahmen nicht erfüllt werden und keine Behebung dieses Missstandes in Sicht ist. Zudem kann diese Wut durch eine Fehleinschätzung des dominanten Teils verstärkt werden, nämlich wenn dieser die Tränen als Glückstränen fehl interpretiert und durch Mimik und/oder Gestik den Anschein von echter Qualzufügung erweckt, während der devote Teil das genaue Gegenteil empfindet. Möglicherweise kann der Zorn, der sich aus dieser unbefriedigenden Situation ergibt, durch das berechtigte oder unberechtigte Gefühl, dass der dominante Part dies weiß und den devoten Teil mit seiner Mimik und Gestik veralbert, noch weiter angefacht werden.

Zusammenfassend kann also festgestellt werden, dass es verschiedene Arten von Tränen gibt. Nicht alle müssen negative Ursachen haben, sondern es gibt durchaus eine Reihe von Gründen, die 'positive Tränen' auslösen können. Allerdings muss an dieser Stelle darauf hingewiesen werden, dass auch geweint werden kann, ohne dass Tränen fließen. Diese

‚stillen Tränen' fließen, ohne dass aus dem Mund des devoten Teils ein Laut zu vernehmen ist. Das können dann Tränen des Genusses, der Liebe, der Freude, der Befreiung vom Alltagsdruck oder der Hingabe sein. Damit würden sie die gleichen Ursachen wie die ‚positiven Tränen' haben. Die Frage, ob die Ursachen für die ‚stillen Tränen' auch denen der ‚negativen Tränen' entsprechen können, wird vom Verfasser bejaht, jedoch von einer Gesprächspartnerin vehement verneint.(5) Da ihre Meinung die bislang einzige Aussage zu diesem Thema und damit eine Einzelmeinung darstellt, müssen meines Erachtens bis zum Beweis des Gegenteils auch die Ursachen der ‚negativen Tränen' als Grund für ‚stille Tränen' in Erwägung gezogen werden, da kein ersichtlicher Grund für deren Ausschluss erkennbar ist.

Als Fazit bleibt also die Feststellung, dass Tränen mit Emotionen einhergehen, die auch aus der Seele kommen können. Sie können positiv oder negativ sein und laut oder stumm daherkommen. In Tränen kann sich ein Mensch auflösen und damit seine ästhetische Zerbrechlichkeit belegen. Dieser ‚erlösende Moment' der Tränen muss jedoch nicht zwingend mit der Intensität der angewandten Foltermethode zusammenhängen, denn manchmal reicht auch schon eine leichte Sitzung mit der sadomasochistischen Atmosphäre aus, um beim devoten Teil Wirkung zu zeigen und Emotionen hervorzulocken. Allerdings ist es für den dominanten Teil schwierig, die Art der Tränen einzuordnen. Wahrscheinlich muss man dazu den devoten Part weinen lassen, um Zeit für eine Einordnung zu haben. Allerdings muss berücksichtigt werden, dass die Übergänge von einer Ursache zur anderen fließend sein können. Deshalb gilt es für den dominanten Part, besonders aufmerksam zu sein. Ein bestehendes Vertrauensverhältnis und gute Kenntnis über den jeweils anderen dürften die Einordnung der Tränen in die jeweilige Kategorie erleichtern. Je besser der dominante Part den devoten Teil kennt und dessen Reaktionen einschätzen kann, desto treffsicherer wird die Deutung des Tränenflusses sein und umso größer ist der Nutzen für beide Seiten.

Mit dem Aufzeigen, dass Tränen vielfältige Ursachen haben können, wird nach meinem Dafürhalten auch die Beantwortung der Frage nach dem Zweck des Tränenflusses beim SM erleichtert. Die beiden vorherrschenden und oben skizzierten Theorien scheinen dabei beide bestätigt zu werden: Sowohl ‚positive' als auch ‚negative Tränen' helfen bei der Verarbeitung von besonders emotionalen Eindrücken, die sowohl aus der SM-Sitzung selber als auch aus dem Alltagsstress stammen können. Gleichzeitig erfolgt mit dem Tränenfluss eine nonverbale Kommunikation zwischen dem devoten und dem dominanten Part. Damit hat man bezüglich der Frage nach dem Sieg einer der beiden Theorien fast den Eindruck eines Unentschieden. Allerdings erfolgt nach meinem Dafürhalten selbst bei einer Verarbeitung von Emotionen durch den devoten Teil eine Kommunikation mit dem dominanten Part, die schon alleine aus Sicherheitsgründen sowie auf Grund der Verantwortung des dominanten Teils unverzichtbar ist. Während der devote Part also Emotionen verarbeitet, erfolgt bewusst oder unbewusst eine nonverbale Kommunikation zwischen den beiden Akteuren. Es scheint daher die Annahme gerechtfertigt, dass die beiden Einzeltheorien als Kombination eine Erklärung für den Zweck des Weinens darstellen. Damit würde dann lediglich die Frage nach dem Anteil der beiden Einzeltheorien an der Gesamttheorie in den Fokus des Interesses rücken. Diese Verteilung der Anteile von Kommunikation und Emotionsverarbeitung dürften jedoch nach meiner Einschätzung angesichts der zahlreichen unterschiedlichen Faktoren bei SM-Sitzungen wie zum Beispiel individuelles Wohlbefinden, Atmosphäre des Raumes, Einsatz von Hilfsmitteln usw. und der damit einhergehenden fehlenden Vergleichbarkeit einzelner Sitzungen miteinander nur in jedem Einzelfall möglich sein, so dass die Entwicklung einer allgemeingültigen Aussage derzeit unmöglich erscheint.

Immerhin hat die Beschäftigung mit den Tränen zu einer Betrachtung der emotionalen und kommunikativen Zustände beim Menschen geführt. Dabei ist erneut deutlich geworden, welche Bedeutung das Vertrauen zweier Menschen zueinander hat. Vielleicht hilft das Verständnis über die Art der Tränen und den Zweck des Weinens, dieses Band weiter zu verstärken. Zum Wohle der seelischen Ausgeglichenheit und der sexuellen Erfüllung der Menschen wäre das wünschenswert.

Anmerkungen

1. Vgl. Wikipedia, Stichwort: Weinen

2 Ebda.

3 Ebda.

4 Aussage einer weiblichen Spanking-Anhängerin im Jahre 2011. Da die Techniken des Spanking oftmals Teil einer SM-Sitzung sind, wird ihre Sicht hier berücksichtigt.

5 Resultat eines Gesprächs mit einem weiblichen Anhänger des Spanking zum Thema Tränen. Von ihr stammt auch der Hinweis auf die ‚Stillen Tränen'.

Gibt es ein Recht der Doms auf Nacktfotos der Subs?

Wir kennen alle die Fotos von spärlich oder unbekleideten Frauen, die uns überall ansehen: In Zeitschriften, Internetforen, Werbeanzeigen und vielen anderen Medien kommen sie uns gewollt oder ungewollt unter die Augen. Daneben gibt es aber auch die ganz privaten Aktfotos, die man für sich oder für jemand anderen in Fotoateliers anfertigen lassen kann. So manche Frau hat sich schon für ihren Mann unbekleidet ablichten lassen, damit er bei der Arbeit oder auf einer Geschäftsreise immer weiß, was ihn daheim erwartet. Auch immer mehr Männer, wenngleich noch immer deutlich weniger als Frauen, nutzen diese Form des persönlichen Geschenks.

Auch im SM-Bereich(1) werden viele Fotos mit eindeutiger Kleidung, Pose oder Mimik aufgenommen, mal mit und mal ohne einschlägigen Hintergrund. Manche dieser Fotos sind nur dem entsprechenden Adressaten zugänglich, andere werden einem kleinen und wiederum andere einem großen Kreis von Betrachtern/-innen zugänglich gemacht. Gerade für Subs könnte das Posieren für ein Foto oder gar für eine ganze Serie eine Geste der Hingabe an die dominante Seite sein. Ebenso gut könnte es aber auch eine vom aktiven Part eingeforderte Unterwerfungsgeste sein, mit der sich die passive Seite dem Willen der anderen Seite beugen soll.

Die Forderung nach einer Unterwerfungsgeste ist im SM-Kontext sicher verständlich und in diesem Zusammenhang nichts Ungewöhnliches, aber dürfen Doms auf Grund ihrer übergeordneten herrschaftlichen Stellung von ihren Subs Erotik- oder Aktfotos verlangen? Oder haben im Falle einer solchen Forderung die Subs das für ihre Stellung unübliche Recht auf Ablehnung einer herrschaftlichen Forderung?

Wer die Serie ‚Coupling' kennt, wird sich sofort an die dortige Serienfigur ‚Jeff' erinnern, der wiederholt mit interessanten Thesen aufgefallen ist. Eine davon lautete, dass jeder Mann das ‚Nacktheitsrecht' an seiner Frau oder Freundin habe, das heißt er darf sie nicht nur in unbekleidetem Zustand sehen, sondern er hat zugleich das Recht auf Nacktfotos von ihr.(2) Auch wenn er in diesem Zusammenhang zu Personen außerhalb des SM-Bereiches gesprochen hat, ist diese Aussage von Bedeutung: Wenn schon Vanilla-Männer das Nacktheitsrecht an ihren Frauen haben, dürfte dieses Vorrecht dominanten Personen angesichts ihrer Stellung gegenüber den Subs erst recht zustehen. Daraus würde folgen, dass Subs verpflichtet wären, auf Anweisung ihrer Herrschaft jederzeit Fotos von sich in einschlägigen Posen und mit mehr oder weniger Kleidung am Leibe anfertigen zu lassen. Allerdings könnte dieser Anspruch möglicherweise mit dem Recht am eigenen Bild kollidieren.

Das gesetzlich geregelte Recht am eigenen Bild soll den Abgebildeten in die Lage versetzen, über die Verbreitung seines Bildnisses zu entscheiden. Es handelt sich damit um ein Persönlichkeitsrecht zum Schutz vor ungewollter Darstellung und stärkt mit der gesetzlichen Fixierung im ‚Gesetz betreffend das Urheberrecht an Werken der bildenden Künste und der

Photographie' (KUG) sowie dem Urheberrecht (UrhG) das Selbstbestimmungsrecht von Personen.(3) Damit widerspricht die Gesetzeslage dem Wunschtraum der Serienfigur ‚Jeff', sodass sich Doms nicht mehr auf ihn und vergleichbare Aussagen an anderen Stellen außerhalb der genannten Serie berufen könnten. Jedoch gibt es da noch ein Problem: Die Rechtsgrundlagen des Persönlichkeitsrechts basieren auf der Gleichheit der Menschen, aber gerade im SM-Kontext wird diese Gleichberechtigung ja aufgehoben und durch eine Über- und Unterordnung ersetzt. Kann deshalb eine freiwillig erfolgte Unterwerfung der Subs der dominanten Seite nicht doch entgegen der Gesetzeslage das Nacktheitsrecht und damit das Recht an Erotik- oder Aktfotos übereignen? Immerhin, so könnte man argumentieren, wäre ja auch die freiwillig erfolgte Begehung einer devoten Person in ein Sklavendasein ein Ausdruck der Selbstbestimmung ebendieser Sub.

An dieser Stelle gibt es für die unterwerfungswillige Person jedoch zwei Probleme: Zum einen zeigt sie mit der Ausübung des Selbstbestimmungsrechts in Form der Unterwerfung deutlich das Recht auf Eigenbestimmung, also ein für eine devote Person unübliches Verhalten, was einen Widerspruch zwischen Tat und Absicht darstellt. Zum anderen müsste sie jedoch das für sie viel gewichtigere Problem lösen, mit der Unterwerfung das Selbstbestimmungsrecht dauerhaft oder temporär begrenzt aufgeben zu können.

Ein solches Anliegen kollidiert mit dem ‚Grundgesetz für die Bundesrepublik Deutschland' (GG), speziell mit den dortigen

Artikeln 1 und 2: Artikel (Art.) 1 Absatz (Abs.) 1 GG erklärt die Menschenwürde für unantastbar. Dabei handelt es sich nicht nur um eine unverbindliche Wertaussage in Form einer Deklamation, sondern um ein unmittelbares subjektives Recht. Die mit dieser Norm festgelegte Freiheit der Persönlichkeitsentfaltung stößt jedoch dort an Grenzen, wo die Rechte anderer tangiert werden.(4) Art. 2 Abs. 2 GG sichert das Recht auf Leben und körperlicher Unversehrtheit. Aus diesem Abwehrrecht des Bürgers gegen den Staat ergibt sich aber nach einer Entscheidung des Bundesverfassungsgerichts (BVerfGE Band 39, Seite 1 und 41) zugleich eine Pflicht des Staates zum Schutz von Leben. Gerade die körperliche Unversehrtheit erstreckt sich dabei nicht lediglich auf die Gesundheit im biologisch-physischen Sinne, sondern auch auf den geistig-seelischen Bereich. Insbesondere zählt hierzu der Schutz vor Schmerzen (BVerfGE Band 56, S. 54 und 75), beispielsweise vor körperlichen Strafen und Züchtigungen.(5) Die Art. 1 und 2 GG befinden sich in einer Wechselwirkung und ergänzen sich. Weil das Grundgesetz die Verfassung der Bundesrepublik Deutschland darstellt, ist die Sklavenhaltung in Deutschland somit verfassungsrechtlich ausgeschlossen. Nun könnte man diesem Ergebnis entgegenhalten, dass die Grundrechte als Abwehrrechte des Bürgers gegenüber dem Staat konzipiert worden seien, allerdings „können sie (…) durch Drittwirkung zur unmittelbaren Grundlage zivilrechtlicher Ansprüche"(6) und damit auch zu privatrechtlichen Rechten werden. Damit müssen auch Privatpersonen und somit Doms die Grundrechte als Bestandteil des Rechtekatalogs ihrer Subs anerkennen und akzeptieren. Umgekehrt müssen Subs erkennen, dass sie diese Rechte, die das Sklavendasein einschränken, haben.

Um dieses Problem von unterwerfungswilligen Subs zu lösen, könnte noch die Aufgabe dieser Grundrechte in Erwägung gezogen werden. Allerdings ist eine solche Aufgabe von allen Grundrechten oder einem Teil von ihnen ganz oder temporär begrenzt juristisch nicht möglich, so dass sie ihre Gültigkeit behalten. Damit bleibt einer Sub zwar die Möglichkeit erhalten, sich als Ausdruck der Entfaltung ihrer Persönlichkeit einer dominanten Person zu unterwerfen und wie ein Sklave/eine Sklavin gehalten zu werden, aber ein solches Verhalten bedeutet lediglich ein Ignorieren der eigenen Grundrechte, nicht deren juristisch wirksame Aufgabe. Für die jeweilige Herrschaft ergeben sich aus einem solchen Verhalten der Subs zudem keinerlei Rechtsansprüche, so dass sich die Subs jederzeit durch einfache Erklärung aus dem zu ihrer Herrschaft bestehenden Über- und Unterordnungsverhältnis lösen können. Spätestens nach der Lösung des Sklavenverhältnisses würde das oben genannte Selbstbestimmungsrecht und damit das Recht am eigenen Bild wieder an die Subs zurückfallen. Aber wie sieht das mit der Forderung von Doms nach einschlägigen Bildern während des Über- und Unterordnungsverhältnisses aus?

Wie schon oben dargelegt worden ist, können die Grundrechte nicht und vor allem nicht temporär begrenzt aufgegeben werden. Damit gelten insbesondere die Art. 1 und 2 GG und damit die Persönlichkeitsrechte für alle Subs auch während ihres Sklavendaseins weiter, was auch das Recht am eigenen Bild umfasst. Verstärkt wird diese Position noch durch den oben aufgezeigten Umstand, dass das eingegangene Über- und Unterordnungsverhältnis auf freiwilliger Basis beruht (7). Damit lässt sich feststellen, dass niemand, auch keine dominante Person, ein Recht auf Nacktheitsfotos der Partnerin oder des Partners respektive des oder der Sub hat. Das Anfertigen von Erotik- oder Aktfotos einer devoten Person liegt also ausschließlich in der Entscheidungsbefugnis ebendieser Person. Diese Befugnis steht zwar in eklatantem Widerspruch zu ihrer devoten Einstellung, aber mit dieser Widersprüchlichkeit in ihrem Dasein muss eine devote Person leben. Aber so, wie schon die Unterwerfung der Sub unter eine dominante Herrschaft ein selbstbestimmter Akt und damit ein Widerspruch zu ihrer gewünschten Position in der Beziehung ist, wird sich auch bei dem Wunsch nach Anfertigung von einschlägigen Fotos eine Übereinkunft beider Seiten auf freiwilliger Basis erzielen lassen. Fazit: Das Schwadronieren der Serienfigur ‚Jeff' über ein Nacktheitsrecht und ein damit verbundenes Recht auf Nacktfotos des Partners oder der Partnerin ist sicher und gerade für Personen im SM-Bereich reizvoll, aber aus juristischer Sicht ein Wunschdenken.

Anmerkungen

1 An dieser Stelle sei ausdrücklich betont, dass sich der vorliegende Aufsatz ausschließlich auf den von allen Beteiligten freiwillig ausgeübten SM bezieht.

2 Ob Frauen das gleiche Recht zusteht, wird von ‚Jeff' zwar nicht ausgeführt, aber auf Grund des Gleichstellungsgrundsatzes müsste es m.E. als gegeben angenommen werden.

3 Vgl. J. Elsner/S. Mose: Das Recht am eigenen Bild. In: Recht und neue Medien. Internetveröffentlichung unter http://user.cs.tu-berlin.de/~uzadow/recht/raebild.html, S. 1.

4 Vgl. J. Spallek: Staats- und Verfassungsrecht, Allgemeine Staatslehre, Deutsche Verfassungsgeschichte, Eine Einführung mit Beispielen, 51 Fällen und Musterlösungen zum Verfassungsteil. 10. überarbeitete und erweiterte Auflage. Witten 1995, S. 353.

5 Ebda., S. 360.

6 . J. Elsner/S. Mose: Das Recht am eigenen Bild. In: Recht und neue Medien. Internetveröffentlichung unter http://user.cs.tu-berlin.de/~uzadow/recht/raebild.html, S. 4.

7 Würde das Über- und Unterordnungsverhältnis auf Zwang beruhen, würde mit dem Strafrecht ein ganz anderer Rechtsbereich zum Tragen kommen. Angesichts der oben gemachten Einschränkung (vgl. Fußnote 1) ist m.E. eine Betrachtung des strafrechtlichen Bereichs an dieser Stelle entbehrlich.

Sklavin in moderner Zeit – ihre Stellung und ihre Funktion

Von manchen Leuten wird die Meinung vertreten, dass das Ausleben der Sexualität eine Umsetzung von Machtspielen sei, bei denen sich ein Part dem anderen in Form der Hingabe unterwirft. Angesichts der weit verbreiteten Missionarsstellung wird die dabei untenliegende Frau als unterwerfende Person angesehen. Ob diese Meinung zu Recht oder zu Unrecht gilt, wird nur selten hinterfragt. Das ist bedauerlich, denn das Ausleben der Sexualität soll beiden Akteuren ein Höchstmaß an Lustgewinn bringen, und da ein solches Ausleben üblicherweise im gegenseitigen Einverständnis erfolgt, wäre eine Unterordnung demnach nicht möglich. Dennoch wird Ausübung des Geschlechtsaktes immer wieder als Machtausübung angesehen.

Die Ansicht der Über- und Unterordnung beim Ausleben der Sexualität wird dabei grundsätzlich bei allen Spielarten der körperlichen Liebe vertreten, aber nicht überall kommt man zu eindeutigen Antworten: Während man beispielsweise beim Vanilla-Sex Argumentationsprobleme bekommen kann, scheint die Rollenverteilung im Bereich des Sadomasochismus (SM) eindeutig zu sein: Es gibt im dort üblichen Rollenverständnis eine herrschende und eine unterworfene Person. Die dabei in den Augen von Normalbürgern vorherrschende Konstellation sieht den Mann in der dominanten und die Frau in der devot/unterworfenen Rolle. Die Bezeichnungen ‚Herr' und ‚Sklavin' dürften diesen Eindruck bei szenefremden Personen noch verstärken.

Die Bezeichnung ‚Sklavin' und die damit verbundene Funktion ist sicher nicht zuletzt aus den von Filmstudios geprägten Rollen, bei denen Sklaven und Sklavinnen rechtloses Eigentum ihrer Herrschaft sind, mit einer klaren Definition verbunden. Demnach sind versklavte Menschen rechtlos und jederzeit der Willkür ihrer Herrschaft ausgesetzt. Diese Definition wird auf die Sklavin im SM übertragen und diese mit den rechtlosen Objekten in den Filmen gleichgesetzt. Magazine und Filme der SM-Szene, die eher auf schnellen und/oder hohen Profit als auf Qualität aus waren, haben sicher das Ihre dazu beigetragen, diesen Eindruck zu verstärken. Gleichzeitig scheint damit die Stellung und die Funktion einer Sklavin in der heutigen Zeit geklärt zu sein: ein rechtloses Objekt, dass bedingungslos jeden Befehl der Herrschaft zu befolgen hat.

Bei einer solchen Betrachtungsweise gibt es jedoch gleich mehrere Schwierigkeiten: Zum einen steht die vom Grundgesetz ausgehende deutsche Rechtsordnung einer solchen Über- und Unterordnung entgegen, zum anderen ist die SM-Szene keine homogene Kultur, sondern auf Grund ihrer zahlreichen Strömungen heterogen. Deshalb liegt die Vermutung nahe, dass je nach Ausrichtung des SM die Rolle einer Sklavin anders definiert werden kann. Das von Filmstudios und billigen Szene-Medien geprägte Bild der Sklavin als recht- und willenloses Objekt aller Begierden ihrer Herrschaft erscheint daher eindimensional und dürfte eher dem Wunschdenken einiger Menschen entsprechen, während die Realität vielschichtiger ist. Aber welche Stellung hat eine Sklavin dann? Im Folgenden sollen dazu Merkmale herausgearbeitet werden, die das Wesen einer Sklavin im SM beschreiben und grundsätzliche Gültigkeit haben. Dass es angesichts der Vielfalt von SM-Spielarten im Detail zu unterschiedlichen Ausprägungen bei Stellung und/oder Funktion der Sklavin kommen kann, dürfte in der Natur der Sache liegen. Diese Detailunterschiede können an dieser Stelle jedoch keiner näheren Betrachtung unterzogen werden, weil anderenfalls der Rahmen dieser Abhandlung überschritten werden würde.

Neben diesen Vorbemerkungen scheint ein weiterer Hinweis wichtig zu sein: Der SM ist eine Form der sexuellen Lustbefriedigung, die von vielen ihrer Freunde als Lebensart begriffen wird. Es handelt sich also um eine Form der Erfüllung des Lebens. Dies gilt sowohl für die dominanten wie für die devoten Personen. Je nach eigener Ausprägung wird die jeweilige Funktion gewählt und ausgelebt. Dass dominante Personen gerne sadistische und devote Personen masochistische Adern haben, dürfte die Rollenwahl beeinflussen. Allerdings wird an dieser Stelle bereits deutlich, dass bedingt durch die freie Entscheidung der eigenen Funktion alle Personen, also auch die Sklavinnen, einen eigenen Willen haben und sich frei entscheiden können. Damit unterscheiden sich Sklavinnen im Bereich des SM zum Zwecke des Auslebens eigener Präferenzen von den Personen, die mittels Gewalt unterdrückt werden, beispielsweise im Bereich der Zwangsprostitution. Es sei deshalb an dieser Stelle ausdrücklich betont, dass sich der Begriff ‚Sklavin' in diesem Aufsatz ausschließlich auf Personen, die sich freiwillig in diese Rolle begeben haben, bezieht. Die sich daraus ergebenden Folgen werden weiter unten betrachtet.

Eine Analyse der Stellung und der Funktion einer Sklavin muss mit einer Betrachtung der rechtlichen Rahmenbedingungen beginnen. Basis der deutschen Rechtsordnung ist das Grundgesetz (GG). Dieses legt in seinen Artikeln 1 bis 19 sowie 101 bis 104 die Grundrechte fest. Zwar handelt es sich bei den Grundrechten um Abwehrrechte des Bürgers gegen den Staat, aber gerade weil selbst der Staat mit seinem Gewaltmonopol diese Rechte nicht beeinträchtigen darf, ergibt sich daraus im Umkehrschluss, dass erst recht kein anderer Bürger eine Grundrechtsverletzung begehen darf.

Für die hier zu betrachtende Frage kommt zunächst Art. 1 Abs. 1 GG in Betracht. Darin heißt es, dass die Würde des Menschen unantastbar ist. Dabei handelt es sich um ein unmittelbares subjektives Recht, das verhindert, dass der Mensch zu einem bloßen Objekt staatlichen Handelns wird. Eine Verletzung der Menschenwürde wird in der Literatur unter anderem bei Versklavung gesehen. Wenn aber schon der Staat angesichts seines Gewaltmonopols keine Versklavung vornehmen darf, muss ein solches Verhalten Privatpersonen im gesellschaftlichen Umgang miteinander erst recht verboten sein.

In einem gewissen Widerspruch zu Art. 1 Abs. 1 GG könnte man Art. 2 Abs. 1 GG, der die freie Entfaltung der Persönlichkeit bestimmt, sehen. Diese Norm umfasst jegliches menschliche Verhalten und ist nicht auf einen bestimmten Ausschnitt der Wirklichkeit bezogen. Sofern also jemand wie eine Sklavin leben will, kann sie das tun. Allerdings ist eine Versklavung wegen Art. 1 Abs. 1 GG ein Verstoß gegen die Menschenwürde, was nach einem Dilemma aussieht. Allerdings sind die Grundrechte Abwehrrechte, und damit die darauf aufbauenden Rechtsnormen wie Strafgesetzbuch, Bürgerliches Gesetzbuch usw. zum Schutz der Menschen vor ungewollten Beeinträchtigungen vorgesehen. Bei einer Begebung als Sklavin in die Hände einer Herrschaft im SM-Bereich handelt es sich jedoch um eine freiwillige Maßnahme, die im Einklang mit der Gesetzgebung jederzeit beendet werden kann. Da im SM-Bereich zudem alle Handlungen auf Freiwilligkeit und Vertrauen der Akteure zueinander basieren, dürften Probleme bei einer Beendigung des Herrschaftsverhältnisses weitestgehend ausgeschlossen sein beziehungsweise sich im Rahmen von normalen Beziehungsstreitigkeiten bewegen.

Damit ist an dieser Stelle festzuhalten, dass eine Sklavin tatsächlich eine freie Person ist, die sich freiwillig wie eine Sklavin behandeln lässt. Sie ist in ihrer Stellung also eine Person, die ihrer Herrschaft gleichwertig ist. Eine Degradierung zu einem Objekt ist damit nicht zulässig. Damit steht es einer Sklavin auch frei, ihre selbst gewählte und von der Herrschaft akzeptierte Rolle als Sklavin jederzeit zu beenden.

Innerhalb dieses rechtlichen Rahmens bewegen sich die Freunde des SM. Begibt sich also jemand in die Rolle einer Sklavin bei einer Herrschaft, so handelt es sich um eine freiwillig und ohne Zwang getroffene Vereinbarung zwischen zwei gleichberechtigten Menschen, die diesen Vorgang zur Befriedigung ihrer Bedürfnisse miteinander vereinbaren. Hierin liegt dann auch der große Unterschied zur oben genannten Zwangsversklavung, beispielsweise im Bereich der Zwangsprostitution. Daraus ergibt sich auch gleich ein weiterer Unterschied zwischen einer Sklavin im SM-Bereich und einer gewaltsam versklavten Person: Gerade weil die Vereinbarung zu einer Herrschaft-Sklavin-Konstellation freiwillig geschieht, kann eine Sklavin im SM ihre Herrschaft frei wählen, während einer gewaltsam versklavten Person dieses Recht entzogen wird.

Damit ist die grundsätzliche Stellung der Sklavin ermittelt. Haben nun vor diesem Hintergrund zwei Menschen freiwillig beschlossen, zusammen eine Herrschaft-Sklavin-Konstellation zu bilden, kommen wir zur Frage nach der Funktion einer Sklavin in der heutigen Zeit.

Viele Freunde des SM verbinden mit dem Begriff Sklavin den Begriff ‚Total Power Exchange' (TPE). Darunter wird, wohl in Anlehnung an die oben genannten Produkte der Filmstudios und der vermarkteten SM-Billigproduktionen, eine vollkommene Machtausübung der Herrschaft verstanden, was nur mit einem völligen Verlust der Selbstbestimmungsrechte der Sklavin einhergehen kann. Ein Ausleben des TPE bedeutet demnach die komplette Selbstaufgabe der Sklavin, das heißt die Herrschaft entscheidet über alle Handlungen und Phasen des Lebens einer Sklavin, angefangen von der Festlegung der Bekleidung bis hin zur Kontrolle der Freizeitaktivitäten und der Finanzen. Angesichts der oben skizzierten Rechtslage handelt es sich bei TPE jedoch um eine freiwillige Aufgabe der Selbstkontrolle, die jederzeit beendet werden kann. Sofern eine Sklavin ihre Rolle verlassen möchte, das aber nicht mehr kann, wäre die Frage nach der Hörigkeit oder der Anwendung unzulässiger Gewalt zu stellen. Dabei handelt es sich jedoch um Zwangsformen, die angesichts der hier erfolgenden Betrachtung der Stellung und Funktion einer Sklavin in einer SM- und damit freiwilligen Beziehung aus Platzgründen nicht weiter verfolgt werden kann.

Manche Menschen empfinden es jedoch als befriedigend, wenn sie sich in die Rolle einer Sklavin begeben und TPE ausleben können. Allerdings stoßen TPE-Freunde an mehrere Grenzen, die ein buchstäbliches Ausleben des TPE zumindest be-, wenn nicht verhindern dürften:

1. die persönliche Einstellung: Hierzu gehört die Bereitschaft der Sklavin, ihre Selbstbestimmungsrechte vollständig aufzugeben. Nicht jeder Mensch dürfte bereit sein, jede noch so kleine Handlung unter den Genehmigungsvorbehalt einer anderen Person zu stellen.,

2. die Einstellung der Herrschaft ausübenden Person: Diese bestimmt zwar kraft Funktion über die Rechte und Pflichten der Sklavin, aber sie trägt zugleich die

Verantwortung für die Sklavin und alle sie betreffenden Angelegenheiten. Es darf bezweifelt werden, ob mittel- bis langfristig gesehen jeder dieser Aufgabe gewachsen und auch bereit ist, sie auszuüben.,

3. berufliche Teilhabe: In der modernen Welt ist die Gleichberechtigung der Geschlechter ein wichtiges Anliegen weiter politischer Kreise. Hintergrund ist das Ziel, neben den Männern auch die Frauen in die Erwerbsarbeit einzugliedern. Es ist daher für eine moderne Frau und ihren Partner als Zeichen der politischen Korrektheit unerlässlich, dass die Frau eine Ausbildung macht und sich danach einen Arbeitsplatz sucht. Bei der Berufsausübung kann die Herrschaft des Partners jedoch nicht oder nur eingeschränkt ausgeübt werden, weil die Frau dem Direktionsrecht ihres jeweiligen Vorgesetzten unterliegt. Ein Bestehen auf einem Ausleben von TPE dürfte hier schnell zu beruflichen Problemen und angesichts der Situation auf dem Arbeitsmarkt zu einem Verlust des Arbeitsplatzes der Sklavin führen. Ein Aussetzen des TPE während der Arbeitszeit würde jedoch eine Verwässerung des TPE und damit der Rollen von Herrschaft und Sklavin darstellen.,

4. die Familie: Nicht immer wissen die Angehörigen von SM-Anhängern von der Leidenschaft ihrer Verwandten. Ein Ausleben von TPE in der Realität dürfte hier ebenfalls schnell an seine Grenzen stoßen, weil nicht

davon ausgegangen werden darf, dass alle Verwandten diese Leidenschaft akzeptieren.,

5. die gesellschaftliche Teilhabe: Jeder Mensch lebt in einem mehr oder weniger großen Beziehungsgeflecht mit seiner Umwelt. Diese reichen, von der Familie einmal abgesehen, über die Nachbarschaft, den Freundeskreis, den Kreis der Berufskollegen bis hin zu Vereinskameraden usw. Auch hier dürfte ein Ausleben des reinen TPE nicht in allen Fällen auf Verständnis stoßen.

Daraus folgt, dass ein Leben als Sklavin nach dem TPE kaum möglich sein dürfte. Das vor allem auch deshalb, weil auf Grund der Gesetzeslage zur häuslichen Gewalt und der diesbezüglichen Sensibilität von nicht unerheblichen Bevölkerungsgruppen das vorstehend genannte Unverständnis schnell in Strafanzeigen wegen Misshandlung, Freiheitsberaubung und ähnlichem münden kann. Selbst wenn sich die Vorwürfe rasch entkräften lassen sollten, würde in der örtlichen Gemeinschaft ein Makel auf dem Paar mit einer TPE-Beziehung lasten, der sich beruflich und gesellschaftlich schnell negativ auswirken kann.

Angesichts dieser Problematik stellt sich die Frage, ob das TPE aufgeweicht und in verschiedenen Abstufungen gelebt werden kann. Ein solcher Weg dürfte grundsätzlich gangbar sein und könnte die oben geschilderten Grenzprobleme entschärfen. Aber wann ist eine Sklavin dann eine Sklavin? Wird sie ihrer Funktion gerecht, wenn sie ein einschlägiges

Schmuckstück wie zum Beispiel ein Halsband, den Ring der O oder etwas Ähnliches trägt, oder ist eine Befriedigung der Bedürfnisse der Herrschaft ausreichend? In letzterem Falle wäre allerdings zu klären, ob sich die Bedürfnisbefriedigung nur auf den sexuellen oder auch auf den gesamten häuslichen Bereich erstreckt. Oder besteht die Funktion einer Sklavin darin, ihre eigenen Bedürfnisse zu ignorieren und ausschließlich für die Herrschaft da zu sein, also in einer Selbstaufgabe eigener Bedürfnisse? Allerdings muss man hier einwenden, dass das Leben als Sklavin ja bereits die Umsetzung eines Bedürfnisses darstellt.

Der Grad der Ausprägung des TPE und damit des Herrschaft-Sklavin-Verhältnisses dürfte sicher von den oben genannten Grenzen des TPE und insbesondere von den genannten Punkten 1 und 2 abhängen. Denn letztlich läuft es auf die Frage hinaus, was die beiden Akteure zu geben beziehungsweise aufzugeben bereit sind. Das dürfte jedoch angesichts der individuellen Vielfalt menschlicher Einstellungen nicht allgemeingültig festzulegen sein, so dass eine Vielzahl von TPE-Varianten möglich ist.

Allen gemeinsam scheint es jedoch zu sein, dass eine Person mit der Übernahme der Sklavinnenrolle deutlich macht, dass ihr eine Über- und Unterordnung, mithin also ein Machtgefälle wichtig ist. Um dieses ausleben zu können, ist die Sklavin zur bewussten und freiwilligen Übertragung von Selbstbestimmungsrechten auf die von ihr ausgewählte Herrschaft bereit. Allerdings handelt es sich dabei um eine rein ideelle Aufgabe, die, wie oben dargelegt wurde, keinerlei rechtliche Bindung hat. Damit umfasst die Funktion einer Sklavin also all das, was die beiden Akteure gemeinsam miteinander vereinbaren. Vor diesem Hintergrund stellt sich dann jedoch die Frage, ob die Bezeichnung ‚Sklavin' sinnvoll ist?

Im Grundsatz bedienen die Bezeichnungen ‚Sklavin' und ‚Herrschaft' Klischees, die angesichts der Freiwilligkeit bei der Übernahme der Rollen zuvor vereinbarten Kriterien entsprechen, denen sich die beiden Akteure bei der anschließenden Umsetzung beugen. Was aber passiert, wenn sich die Kriterien für eine Person ändern? Da das Herrschaft-Sklavin-Verhältnis ja für beide Akteure einen Lustgewinn bedeuten soll, können nur beide gemeinsam die Kriterien verändern, damit der Lustgewinn für beide Seiten erhalten bleibt. Eine einseitige Änderung und deren Durchsetzung gegen den Willen der anderen Person wäre Gewaltanwendung und damit rechtlich unzulässig. Der zudem damit einhergehende Vertrauensverlust dürfte sich zudem belastend auf die Beziehung auswirken – ob langfristig oder temporär begrenzt wäre dann eine Frage des individuellen Umgangs der beiden Akteure mit sich und mit der Situation.

Das gemeinsame Ändern von Kriterien oder Regeln läuft einem klassischen Herrschafts-Sklavinnen-Verhältnisses zuwider, aber es zeugt von gegenseitigem Respekt und gegenseitiger Aufmerksamkeit. Nun könnte man einwenden, dass beide Elemente keine klassischen Bestandteile einer Sklavinnenrolle sind, aber gerade ein Blick in die Geschichte zeigt, dass die Funktion der Sklavinnen nicht immer dem Bild der Filmstudios entsprochen hat. Es konnten sehr wohl Sklavinnen zu Beraterinnen von Herrschern werden und selber aufsteigen. Ohne gegenseitigen Respekt und Achtung voreinander wäre das nicht möglich gewesen. Insoweit ist eine Sklavinnenrolle im SM realistischer als eine Sklavinnenrolle im Film und entspricht möglicherweise sogar geschichtlichen Realitäten. Einer Verwendung des Begriffes ‚Sklavin' steht damit also nichts entgegen, so dass er verwendet werden kann.

Allerdings bleibt die Frage, ob die Bezeichnung ‚Sklavin' verwendet werden muss. In anderen Kulturen gibt es Strömungen, die ohne diesen Begriff auskommen. Der in Malaysia von muslimischen Frauen im Jahre 2011 gegründete und inzwischen auf Indonesien erweiterte ‚Club der gehorsamen Ehefrauen' sieht es als seine Aufgabe an, dem eigenen Mann zu gehorchen, ihm zu dienen und ihn zu unterhalten. Auf diese Weise wollen die allesamt weiblichen Clubmitglieder hohen Scheidungsraten, Untreue und häuslicher Gewalt vorbeugen. In einer SM-Beziehung würde häusliche Gewalt zwangsläufig zu einem Vertrauensverlust bei der anderen Seite führen, aber die beiden anderen Gründe könnten auf jede Beziehung, also auch im Bereich des SM zutreffen: Im Grunde geht es immer um das Ausleben eigener Präferenzen und den Lustgewinn. Der Weg des ‚Clubs der gehorsamen Ehefrauen' und der ‚Sklavin' scheint also gleich zu sein, aber Begriffe wie ‚Sklavin', ‚gehorsame Ehefrau' oder andere scheinen austauschbar zu sein. Damit dürfte die Wahl der Begrifflichkeit von der jeweiligen Assoziation abhängen: Da man ‚Gehorsam' eher mit der Spankingszene und ‚Sklavin' eher mit dem SM-Bereich in Verbindung bringen dürfte, scheint die Beibehaltung des Begriffes ‚Sklavin' hierin seine Begründung haben..

Damit lassen sich am Ende dieser Betrachtung einige Punkte zur Stellung und Funktion einer Sklavin in unserer modernen Zeit festhalten:

- Die Rolle der Sklavin ist eine privat eingegangene freiwillige Verpflichtung, die keinerlei rechtliche Auswirkungen hat. Die Sklavin kann ihre Rolle jederzeit verlassen.

- Ein Leben als Sklavin nach dem TPE stößt an eine Vielzahl von Grenzen. Diese würden sich nur umgehen lassen, wenn einer der beiden Akteure so reich ist, dass beide unter Ausschluss der Öffentlichkeit ihre Neigung ausleben könnten. Da ein solcher Reichtum aber nur einigen wenigen Menschen vergönnt ist, wäre eine wie weit auch immer gehende Abstufung sinnvoll. Die Inhalte der Sklavinnenrolle können dabei nur von beiden Akteuren gemeinsam festgelegt und danach nur gemeinsam geändert werden, weil nur eine solche Vorgehensweise für beide das gemeinsame Maximum an Genuss gewährleistet. Mit dem Aufweichen des ‚reinen TPE' dürfte zugleich der Gefahr, dass eine Sklavin so in ihrer Rolle aufgeht, dass sie im Falle der Herrschaftsbeendigung oder zumindest deren Unterbrechung, beispielsweise bei einem Unfall der Herrschaft, so unmündig ist, dass sie zur Regelung der anfallenden Angelegenheiten außerstande ist, vorgebeugt werden.

- Die Funktion einer Sklavin besteht darin, sich und der Herrschaft ein erfülltes Leben zu sichern. Mit welchem Einsatz und welchen Mitteln das erreicht werden kann, müssen die Akteure individuell absprechen. Auf diese Weise sollte für beide ein Maximum an Bedürfnisbefriedigung erreichbar sein. Zugleich unterstreichen sie damit aber auch die Freiwilligkeit bei dieser Form des Zusammenlebens.

Buchempfehlungen

Bücher meines Freundes

I. DIGAS

Es tanzt der Gelbe Onkel

Stöckchenreime und Lehrgedichte

für Spankingfreunde

ISBN 978-3-7347-7254-2

Strenge Frauen und ihre Männer

Spankinggeschichten über dominante Frauen

ISBN 978-3-7519-2154-1

Erziehe mich mit Strenge

Spankinggeschichten über dominante Männer

und ihre Frauen

ISBN 978-3-7519-5906-3